한 말씀만 하소서

일러두기

· 이 책은 2004년 출간된 『한 말씀만 하소서』의 개정판으로, 수필 「언덕방은 내 방」과 이해인 수녀님과의 손 편지를 함께 엮어 새롭게 구성했습니다. '언덕방'이라는 공간이 시간의 흐름에 따라 작가에게 어떤 의미로 자리 잡았는지 함께 따라가 보기를 바랍니다.

· 한자어 또는 순우리말에 익숙하지 않은 독자를 위해 국립국어원의 표준국어대사전을 바탕으로 단어 뜻풀이를 추가했습니다.

· 현행 맞춤법에 맞지 않더라도 소리나 움직임이 느껴지는 등 문학적 범주 안에 있다고 할 만한 작가의 표현과 방언, 외래어는 그대로 두었습니다.
  예) 걸치적거리다, 검부락지, 그닥, 말똥말똥, 부수수하다, 샤베트, 센치감, 어둑시근하다, 에미, 여직껏, 조오롬, 주른히, 한유롭다, 허위적거리다/대다, 흠빡, 히히덕대다 등

· 명백한 오자 또는 오류라고 판단되는 표현은 바로잡았으며, 인명은 일반적으로 두루 쓰이는 표기를 따랐습니다.
  예) 늘어붙다→눌어붙다, 안소니→앤소니, 입초사→입초시, 소화 테레사→소화 데레사 등

· 성경 구절 인용은 대한성서공회 공동번역 개정판을 따랐으며, 이외 인용 문장은 직접 원문을 찾아 새로이 번역하거나 저작권자의 허락을 받았습니다.

한 말씀만 하소서

박완서

세계사

차례

한 말씀만 하소서

이건 소설도 아니고 수필도 아니고 일기입니다. 훗날 활자가 될 것을 염두에 두거나 누가 읽게 될지도 모른다는 염려 같은 것을 할 만한 처지가 아닌 극한 상황에서 통곡 대신 쓴 것입니다.

88년 여름, 아들을 잃었습니다. 다섯 자식 중에 하나였지만 아들로서는 하나밖에 없는 자식이었습니다. 그 최초의 충격을 어떻게 넘기고 아직도 목숨을 부지하고 있는지 잘 모르겠습니다. 통곡하다 지치면 설마 이런 일이 나에게 정말 일어났을라구, 꿈이겠지 하는 희망으로 깜박깜박 잠이 들곤 했던 게 어렴풋이 생각납니다. 그런 경우에도 희망이 있다는 게 남보기엔 우스웠을지 모르지만 본인으로서는 참담의 극한이었습니다.

안 먹겠다는 의지 없이도 몸에서 저절로 음식을 받지 않았으니 몸도 필시 쇠약해 있었겠지요. 부산에 사는 큰딸이 와 보고 강제로 자기 집으로 데려갔습니다. 아주 강제는 아니었을지도 모릅니다. 나도 억장이 무너지는 비통 외에는 매사가 몽롱한 중에도 서울을 떠나면 조문을 안 받아도 되겠구나 하는 생각을 구원처럼 떠올렸으니까요.

상을 당한 이에게 정중한 조문을 하는 건 인간만이 할 수 있는 아름다운 도덕입니다. 그러나 참척(慘慽)*을 당한 에미에게 하는 조의는 그게 아무리 조심스럽고 진심에서 우러나온 위로일지라도 모진 고문이요, 견디기 어려운 수모였습니다. 자식이 내 상을 당해 조문을 받는 게 순리이거늘 그 복도 못 타 역리(逆理)**에 굴복해야 되는 비참한 처지에서 잠시나마 비켜나 있고 싶은 저의가 아주 없었다고는 못 하겠습니다.

큰애는 맏이로서의 책임감과 극진한 애정으로 에미를 보살폈고, 에미의 숨은 마음까지 알아차리어 친구나 이웃의 방문까지 금해놓고 있었지만, 그래도 집만 못한 점이

---

* 자손이 부모나 조부모보다 먼저 죽는 일
** 우주 만물의 생성과 소멸에 대한 이치

있었습니다. 그건 울고 싶을 때 울 수가 없다는 거였습니다. 딸네 집만 해도 사위와 손자들의 생활이 있는, 이미 예전에 나로부터 분리된 남의 가정입니다. 수시로 짐승처럼 치받치는 통곡을 마음대로 할 수는 없는 일이었습니다. 통곡을 고스란히 참기가 너무 힘들어 통곡 대신 미친 듯이 끄적거린 게 이 글입니다.

이 자리가 만일 《생활성서》 지면이 아니있다면 그런 사적인 비탄의 기록에다 일기라고 이름 붙여 감히 발표할 엄두를 내진 못했을 것입니다. 《생활성서》 지면을 만만하게 보아서가 아닙니다. 저도 세례받고 나서 비로소 《생활성서》를 관심 있게 보아왔듯이 독자의 대부분이 교우이거나, 적어도 하느님이 계시다는 걸 막연하게나마 느끼고 있는 분이려니 하는 친밀감 때문입니다. 그렇다고 해서 이 글이 신앙고백이란 소리는 아닙니다. 오히려 그 반대로 받아들여질 여지 또한 충분하다 하겠습니다.

저도 근래에 처음으로 그때 쓴 걸 다시 읽어보면서 적지 않이 놀라고 민망했습니다만 순전히 하느님에 대한 부정과 회의와 포악과 저주로 일관돼 있습니다. 그러나 가장 강한 부정은 가장 강한 긍정을 전제로 하지 않고는 불가능합니다. 만일 그때 나에게 포악을 부리고 질문을 던질 수 있는 그분조차 안 계셨더라면 나는 어떻게 되었을까, 가끔 생각해 봅니다만 살긴 살았겠죠. 사람 목숨이란 참으로 모진 거니까요. 그러나 지금보다 훨씬 더 불쌍하게 살았으리라는 것만은 환히 보이는 듯합니다.

하느님은 제아무리 독한 저주에도 애타는 질문에도 대답이 없었고, 그리하여 저는 제 자신 속에서 해답을 구하지 않으면 안 되었고, 그러기 위해선 아무한테나 응석 부리고 싶은 감정을 억제하고 이성을 회복하지 않으면 안 되었으니까요. 제 경우 고통은 극복되지 않았습니다. 그 대신 고통과 더불어 살 수 있게는 되었습니다.

우리 집 안방 아랫목 제일 높은 자리엔 가톨릭 신자라면 누구나 가지고 있을 만한 작은 십자고상(十字苦像)˙이 걸려 있습니다. 세례받을 때 선물 받은 거여서 비슷한 게 이 방 저 방에 더 있습니다만 제가 가장 자주 대하고 따라서 가장 많은 원망을 받고 언젠가는 내팽개쳐지는 행패까지 당한 이 못 박힌 그리스도의 얼굴에서 표정을 읽은 건 최

˙ 십자가에 못 박혀 고난받은 예수의 형상을 담은 조형물

근의 일입니다.

'오냐 실컷 욕하고 원망하고 죽이고 또 죽이려무나, 네가 그럴 수 있으라고 나 여기 있지 않으냐.' 이렇게 말하고 있는 것처럼 그분의 표정은 생생하게 슬프고 너그러워 보였습니다. 이 일기는 똑같이 찍어낸 주물에 지나지 않던 성물(聖物)•과 이렇게 아무하고도 똑같지 않은 특별한 관계를 맺기까지의 어리석고도 고통스러운 기록의 일부입니다.

정리하면서 활자화시키기엔 지나치다 싶을 만큼 무엄한 포악과, 비통의 지나친 반복만 빼고는 거의 고치지 않았습니다. 아들의 2주기까지 넘겼건만 아직도 제 회의와 비통은 달라지지 않았습니다. 하나 달라진 게 있다면 제 자아 속에 꼭꼭 숨겨놓았던 채송화 씨보다도 작은 신앙심을 누구에게 떠다밀린 것처럼 마지못해긴 하지만 마침내 어디론가 던졌다는 사실입니다. 거기가 흙인지 양회(洋灰)•• 바닥인지조차 아직은 확실하지 않습니다. 싹이 틀 수 있는 좋은 땅이길 바라는 마음이 이 지면의 연재 요청에 응할 엄두를 내게 했는지도 모르겠습니다.

• 종교의식에서 사용하는 성스러운 물건
•• 시멘트

1988년 9월 12일

눈을 뜨니 낯선 방이었다. 옆에서 손자가 곤히 자고 있었다. 꿈이었으면 하는 몽롱한 착각을 즐길 새도 없이 아들이 이 세상에 존재하지 않는다는 사실이 무서운 괴물처럼 가차 없이 육박해 왔다. 집에서 같으면 설마 꿈이겠지 하고 현실감을 피할 수 있는 시간이 꽤 길었으련만.

아쉬운 건 그뿐이 아니었다. 아들이 이 세상에 살아 있지 않다는 걸 인정하게 되면 그다음은 가슴을 쥐어뜯으며 미친 듯이 몸을 솟구치면서 울부짖을 차례였다. 그 일이 나에게 얼마나 중요한 의식인지 아무도 모른다. 목청껏 아들의 이름을 부르면서 통곡하면 소리와 함께 고통이 발산되면서 곧 환장을 하거나 무당 같은 게 되어서 죽은 영혼과 교감할 수 있을 것 같은 예감에 사로잡히곤 했다. 그러나

일기

한 번도 실제로 그런 경지까지 도달한 적은 없다. 번번이 그 직전까지 갔다가 되돌아오곤 했다. 환장은 아무나 하는 게 아니었다. 나는 미치는 것조차 여의치 않은 내 강철 같은 신경이 싫고 창피스럽다. 그러나 미치기 위한 노력도 안 하고 어떻게 맑은 정신으로 긴긴 하루를 보낼 수 있단 말인가. 그러나 여긴 평화롭고 화목한 딸네 집이었다.

아마 나를 의식해서겠지, 낮은 소리로 주고받는 딸과 사위의 음성이 거실 쪽에서 들려왔다. 통곡을 삼켜야 한다는 게 너무도 고통스러워 나는 가슴을 움켜쥐고 한동안 신음하다가 벌떡 일어나 거실로 해서 베란다로 나갔다. 둘이 마주 앉아 커피를 마시고 있던 딸 내외가 어쩔 줄을 모르고 엉거주춤했다. 나는 그들의 눈치 볼 겨를 없이 베란다 난간에 매달려 더운 눈물을 쏟았다. 그러나 소리를 내진 않았다.

원태야, 원태야, 우리 원태야, 내 아들아. 이 세상에 네가 없다니 그게 정말이냐? 하느님도 너무하십니다. 그 아이는 이 세상에 태어난 지 25년 5개월밖에 안 됐습니다. 병 한 번 치른 적이 없고, 청동기처럼 단단한 다리와 매달리고 싶은

든든한 어깨와 짙은 눈썹과 우뚝한 코와 익살 부리는 입을 가진 준수한 청년입니다. 걔는 또 앞으로 할 일이 많은 젊은 의사였습니다. 그 아이를 데려가시다니요. 하느님 당신도 실수를 하는군요. 그럼 하느님도 아니지요.

딸이 뒤에서 잘 주무셨느냐고 물었다. 그것이 과연 안면(安眠)*이었을까. 어젯밤 사위하고 맥주를 여러 병 마신 생각이 났다. 비틀거리며 방으로 들어와 수면제를 털어 넣고 자리에 들었었다. 오늘이 며칠이냐고 내가 물었다. 9월 12일이라고 딸이 대답했다. 아들이 이 세상 사람이 아닌 지가 2주일이나 됐구나. 어떻게 그동안을 견디었는지 악몽을 꾼 것 같고, 지금 이러고 있는 것 또한 꿈 깬 후의 또 꿈같다.

어제 딸이 데리러 왔을 때, 싫다고 할 기력도 없었거니와 싫고 좋고 하는 마음도 우러나지 않아 물건처럼 순하게 따라왔다. 가을비가 제법 세차게 내려 공항으로 가려다 말고 서울역으로 가서 12시 새마을호를 아슬아슬하게 탄 생각도 나지만 화면을 통해 본 남의 일처럼 그때의 느낌은

* 편안히 잠을 잠

공백 상태다. 그러나 불과 2, 3분을 남겨놓고 지느러미처럼 휘청거리는 다리로 계단을 뛰어내릴 때의 느낌은 왜 그렇게 생생한 것일까. 딸의 도움으로 그렇게 급히 달릴 수 있었으련만 지금 남아 있는 느낌은 층층다리가 활처럼 휘면서 내 발밑으로 맹렬한 속도로 달려드는 것 같은 공포감밖에 없다. 아마 발을 헛디딜 것 같은 위기의식 때문에 그때의 느낌이 그렇게 생생하다면 내가 죽고 싶다는 건 얼마나 새빨간 거짓말인가. 나는 지금까지 내 몸에 남아 있는 어제의 위기의식에 치욕감을 느꼈다.

그래도 내가 죽고 싶은 건 정말이다. 지난 10여 일 동안 거의 먹은 게 없다. 아이들 성화로 먹는 척한 유동식도 토하거나 설사 아니면 변비로 먹은 것 몇 배의 기운을 빼갔다. 몸이 음식을 받지 않는다는 건 죽을 징조가 아닌가. 나에게 지금 희망이 있다면 내가 죽어가고 있다는 것뿐이다.

아이들이 베란다로 의자를 내주어 편안히 앉았다. 뒤로는 장산이란 수려한 산을 등지고 앞으로는 수영만을 바라보고 있으니 아파트라기보다는 콘도같이 터가 좋은 딸네 집이다. 날씨는 쾌청하고 수영만에 떠 있는 요트가 그림 같다. 거기서 88올림픽 요트 경기가 열릴 거란다. 오나 가나 그놈의 88올림픽, 정말 미칠 것 같다. 서울 집도 잠실 경기장과 올림픽공원 사이에 있어 그 들뜬 야단법석이 싫어도 들리고 보일 것 같더니만 여기까지 그 축제가 따라올 게 뭐람.

내 아들이 죽었는데도 기차가 달리고 계절이 바뀌고 아이들이 유치원 가려고 버스를 기다리고 있다는 것까지는 참아줬지만 88올림픽이 여전히 열리리라는 건 도저히 참을 수 없을 것 같다. 내 자식이 죽었는데도 고을마다 성화가 도착했다고 잔치를 벌이고 춤들을 추는 걸 어찌 견디랴. 아아, 만일 내가 독재자라면 88년 내내 아무도 웃지도 못하게 하련만. 미친년 같은 생각을 열정적으로 해본다.

변덕이 죽 끓 듯한다. 저녁땐 부산에 오기 잘했다 싶었다. 아무도 찾아오는 사람이 없었고, 전화 소리에도 깜짝깜짝 놀랄 필요가 없었다. 이 지경이 되고도 무슨 볼 체면이 남아 있다고 내 꼴을 남에게 보이기가 그리 싫은지. 뭐라고 위로의 말을 해야 할지 몰라 쩔쩔매는 상대방을 볼 때는 그 자리에서 당장 꺼지고 싶은 마음밖에 없었다. 그러다가 겨우 생각해 낸 말이 잊으라는 소리다. 어쩌면 그렇게 한결같이 잊으라는지. 세월이 약이라는 소리를 들을 때처럼 격렬한 반감이 솟구칠 때도 없다.

그 애는 25년 5개월 동안이나 나를 행복하게 해주었다. 내 기쁨이요, 보람이요, 희망이요, 기둥이었다. 우리는 자식을 가르칠 때 남의 은혜를 잊지 말라고 가르친다. 배은 망덕은 가장 타기할 부도덕으로 친다. 곤궁했을 때 받은 얼마 안 되는 금전적인 노움이나 우울한 날 말동무해 준 친구의 우정도 잊지 않고 오래 기억하는 게 사람의 도리이거늘 어떻게 25년 5개월 동안이나 나를 그렇게 기쁘게 해준 아들을 잊는 게 수라고 말할 수가 있을까. 나에게 하루하루 목숨을 부지해야 하는 까닭이 남아 있다면 그 애를 기억하며 그 애가 이 세상에 없다는 사실로 인하여 고통받는 일뿐이거늘.

자기 전에 또 맥주, 오늘은 어제보다 더 많이 마셨다. 밥도 죽도 잘 안 넘어가는데 맥주는 얼마든지 마시겠고, 문어나 소라 같은 안주도 꽤 집어 먹는데도 아직은 별 이상이 없다. 그러나 수면에는 별로 도움이 안 돼 한밤중 수면세 복용.

9월 13일

텔레비전 소리에 눈을 떴다. 꿈자리가 뒤숭숭했지만 무슨 꿈인지 생각나지 않았다. 꿈에라도 아들을 보게 해달라고 그렇게 간절하게 기도하고 잤건만 또 허탕이었다. 진실한 기도는 반드시 들어주신다는 소리도 말짱 헛소리다. 인간의 애절한 소망을 일일이 이루어주진 못한다 해도 귀라도 기울여 줄 초월적인 존재가 과연 있기나 있는지. 있다면 예서 더 어떻게 해야 당신과 통하리까.

눌은밥을 끓여놓고 조금 먹어보란다. 못 먹을 것 같았지만 소라와 문어도 먹은 주제에 멀건 눌은밥도 못 먹겠다면 응석을 부리는 것처럼 보일 것 같아 구수하다고 칭찬까지 해주면서 한 공기를 다 먹었다. 남은 자식들한테 내 슬픔을 빙자해 응석을 부리는 일 따위는 절대로 하지 말아야

지 하는 게 내 마지막 자존심이다. 오 주여, 당신이 계시다면 저를 제발 이 마지막 자존심이나마 부지할 수 있을 때까지만 살게 하소서.

딸 몰래 눌은밥 한 공기를 다 토해냈다. 어제 먹은 문어와 소라는 아무렇지도 않은데 참 이상한 일이다. 그러나 변비 생각을 하면 속이 편한 것만은 아니다. 좌약을 준비해 왔지만 그 몸부림을 또 치르긴 정말 싫다. 사람이 단지 배설한다는 가장 원초적인 생리작용을 위하여 그렇게 치열하게 몸부림쳐야 하다니.

행복했을 때는 아침이 좋았는데 요샌 정반대다. 내 앞에 펼쳐진 긴긴 하루를 살아낼 생각이 지겹도록 아득하게 느껴진다. 시시때때로 탈진하도록 실컷 울면 그동안이라도 시간을 주름잡을 수가 있는데 그것도 용납 안 되는 하루 동안이란 얼마나 가혹한 형벌인가.

손자들이 틀어논 텔레비전에서 오늘도 지치지도 않고 88올림픽 타령이다. 성화를 실은 대한항공이 부다페스트를 떠나 헬싱키에서 급유를 받고 소련 상공을 열한 시간이나 날아왔다는 흥분한 목소리와 함께 기체와 승무원까지 비춰주고 난리다. 손자 형제도 저희들끼리 금메달의 수를 점치며 희희낙락 들떠 있다.

딸이 뒷산으로 산책을 나가자고 해서 조금 망설이다 따라나섰다. 그 애는 내가 즈이 집에 와서 많이 좋아졌다고 믿고 싶은 눈치였다. 아닌 게 아니라 나는 꼿꼿하게 걸을 수가 있었다. 서울을 떠날 때만 해도 허리를 펼 수가 없어서 보행이 어려웠었다. 그러나 서울에서도 기운이 없어서 그렇게 허리를 못 편 게 아니라 너무 울어 배창자가 땡겼기 때문이다. 딸은 엄마가 한결 기운이 나 보인다고 좋아했지만, 나는 겨우 이틀 울지 않으니까 깨끗이 배의 통증이 가시는 내 건강이 혐오스러웠다.

절이 있는 데까지 올라갔다 내려왔다. 그닥 힘들지 않았다. 먹은 건 없는데 어디서 그런 기운이 나는 걸까. 정말 싫다. 예전 우리 시골에선 자식을 앞세운 에미한테 자식을 잡아먹었다고 말했었다. 어린 마음에도 그 소리가 끔찍해 소름이 끼쳤는데 지금 생각하니 나한테 해당하는 소리가 아닌가. 나야말로 자식을 잡아먹은 것이다. 그러지 않고서야 이렇게 줄창 먹지 않고도 배부를 수가 없고, 먹지 않았는데도 수족을 움직이는 데 지장이 없을 수가 없지 않은가.

산을 내려오다가 길가 풀섶에서 신기한 꽃 한 송이를 발견했다. 연분홍의 장미꽃 봉오리같이 생긴 꽃 한 송이가 풀 끝에 애처롭게 매달려 있었다. 꽃의 품위가 결코 잡초 따위에서 필 꽃이 아니었다. 나는 걸음을 멈추고 그 꽃의 줄기를 더듬어 내려간다는 게 그만 그 가냘픈 식물을 뿌리째 뽑아내는 결과가 되었다. 줄기에 달린 잎을 보니 봉숭아였다. 봉숭아 중에도 분홍 봉숭아는 흔지 않은데 어찌다 씨가 하나 풀섶에 떨어져 싹이 나고 잎이 돋고 간신히 꽃까지 핀 모양이다.

뿌리째 뽑았으니 할 수 없이 집까지 가져왔다. 피곤해서 한동안 누웠다 일어나 보니 무심히 뽑아온 한 포기의 봉숭아는 문갑(文匣)˙ 위에서 이미 형체도 알아볼 수 없게 시들어 있었다.

내 아들은 지금 어떤 모습으로 땅속에 누워 있는 것일까? 내 아들이 어두운 땅속에 누워 있다는 걸 내가 믿어야 하다니. 발작적인 설움이 복받쳤다. 나는 내 정신이 미치기 직전까지 곧장 돌진해 들어갔다가 어떤 강인한 저지선

˙ 문서나 문구류를 넣어 두는 용도의 서랍과 문짝이 달려 있는 가구

에 부딪혀 몸부림치는 걸 여실하게 느낀다. 그 저지선을 느낄 수 없어야 미칠 수 있는 건데 그게 안 된다. 인간의 삶과 죽음을 관장하는 초월적인 존재가 정말 있다면 내 아들의 생명도 내가 봉숭아를 뽑았듯이 실수도 못 되는 순간적인 호기심으로 장난처럼 거두어간 게 아니었을까?

하느님 당신의 장난이 인간에겐 얼마나 무서운 운명의 손길이 된다는 걸 왜 모르십니까. 당신의 거룩한 모상(模相) 대로 창조된 인간을 이렇게 막 가지고 장난을 쳐도 되는 겁니까.

아이들이 불러서 베란다로 나가 보니 저녁때인데도 대마도가 뚜렷이 보인다. 어제 쾌청한 날에도 안 보이던 대마도가 거짓말처럼 선명하게 나타나 보인다. 우리 눈에 안 보일 때도 대마도는 거기 있었을 게 아닌가. 그렇다면 보인다고 다 있는 건 아닐지도 모른다. 내가 감각할 수 있는 모든 것이 실제로 존재하는 게 아니라 환상일 것도 같다.

- 대상의 겉모습을 있는 그대로 본떠서 나타낸 것

어쩔거나, 이 인생의 덧없음을.

　　인생은 풀과 같은 것, 들에 핀 꽃처럼 한번 피었다가
도 스치는 바람결에도 이내 사라져 그 있던 자리조차 알
수 없는 것.

— 시편 103:15~16

　　주여, 그렇게 하찮은 존재에다 왜 이렇게 진한 사랑을
불어넣으셨습니까.

9월 14일

어젯밤에도 상당량의 맥주를 마셨고 잠자리에 들기 전에 수면제도 복용했건만 한잠도 이루지 못했다. 이렇게 꼬박 못 자보긴 처음이다. 집에서 실컷 울 수 있었을 때는 간간이 탈진 상태와 깊은 수면이 겹쳐 깨어나서도 한동안은 '흉측한 꿈이었을 거야, 설마 나에게 그런 일이 정말 일어났을라구' 하는 몽롱하고도 아슬아슬한 평화를 즐길 수가 있었다. 희망이 없을 땐 평화도 없다는 것은 무서운 일이다.

어떻게 할 수가 없었다. 간간이 일어나서 펄쩍펄쩍 뛰었다. 내 뜻과는 상관이 없었다. 뜨거운 철판 위에서 들볶이는 참깨처럼 온몸이 바삭바삭 타들어 가는 느낌이었다. 탈진해서라도 잠들 수 있다는 건 고마운 일이었다. 매일 몇 병씩 마시는 맥주의 영양가 때문인가, 부산으로 오고 나서 왜 이렇게 기운이 나는지 모르겠다. 지치지도 않고 망상에 망상을 거듭한다.

　나는 아들을 잃었다. 그 애는 이 세상에 존재하지 않는다. 그 사실을 알아듣는 걸 견딜 수가 없다. 그 애가 이 세상에 존재했었다는 증거는 이제 순전히 살아 있는 자들의 기억밖에 없다. 만약 내 수만 수억의 기억의 가닥 중 아들을 기억하는 가닥을 찾아내이 끊어버리는 수술이 가능하다면 이 고통에서 벗어나련만. 그러나 곧 아들의 기억이 지워진 내 존재의 무의미성에 진저리를 친다. 자아(自我)란 곧 기억인 것을. 나는 아들을 잃고도 나는 잃고 싶지 않은 내 명료한 의식에 놀란다. 고통을 살아야 할 까닭으로 삼아서라도 질기게 살아가게 될 내 앞으로의 모습이 눈에 선하다. 그런 늙은이 싫지만 어쩔 수가 없다.

　아들이 내 속을 썩이거나 실망시킨 일을 생각해 내려고 애쓴다. 물에 빠져 검부락지°라도 잡으려는 노력처럼 처참하게 허위적댄다. 하다못해 남에게 흠을 잡힌 일이나 좋지 못한 버릇이라도 생각해 낼 수 있다면 다소 숨통이 트일

°　가느다란 마른 나뭇가지, 마른 풀, 낙엽 따위를 통틀어 이르는 말. 검불의 방언!

것 같다. 이 비참한 자구노력도 허사가 되고 만다. 그 애는 완벽했다. 그 애가 한 짓 중 사랑스럽지 않은 것은 어쩌면 단 한 가지도 없단 말인가. 그 애가 완벽했다는 확신은 그 애를 잃은 상실감 또한 천벌처럼 완벽하게 한다. 바늘구멍 만 한 구원의 여지도 없다. 그 애 없이 사는 걸 견디어 내 야 하다니, 무시무시했다.

많이 마신 맥주와 불면 때문에 화장실에 자주 들락거렸 다. 변기 위에서 문득 아들의 나쁜 버릇 하나가 생각났다. 그 애는 출근 시간이 촉박한 아침 시간에 화장실에 들렀 다가 물을 안 내리고 그냥 뛰어나가는 버릇이 있었다. 건 강한 청년이 변을 보고 그냥 나간 변기 속은 에미가 보기 에도 질겁을 할 만했다. 그래서 "얘야, 너 그 버릇 못 고치 고 장가들면 색시가 도망간다" 이렇게 무안하지 않도록 우 스갯소리로 야단치던 생각도 났다. 나는 그 생각을 하면서 빙긋이 웃었다. 가슴속에서 훈훈한 것이 꼼지락대는 것 같 았다. 일껏 생각해 낸 못된 버릇 하나가 가장 사랑스러운 버릇이 되어 잠시나마 내 상실감에 위안이 되다니. 못 말 릴 노릇이었다.

나는 결코 남의 나쁜 버릇이나 약점에 관대한 편이 못 된다. 특히 백화점이나 고속버스 휴게소 등 공공장소의 화장실에 들어갔다가 고장도 아닌 멀쩡한 변기에 물을 안 내려 변이 차 있는 걸 보았을 때의 내 울분은 곧장 우리 민족성을 들먹이는 거창한 비분강개(悲憤慷慨)로까지 치닫기 일쑤였다. 만일 나에게 남의 결점을, 우리 아들의 결점도 귀여운 사랑의 십분의 일만 되는 아량으로 봐줄 수 있다면 내 생애가 훨씬 편안하고 행복할 수 있으련만.

새벽엔 어렴풋하나마 잠이 올 것도 같은데 달걀인가 뭔가 사라는 장사꾼의 마이크 소리가 사정없이 시끄럽게 귀청을 때린다. 이 동네는 인심도 좋지, 서울의 아파트촌 같으면 어림도 없는 짓이다. 밤새 못 잤건만 꼭 그 소리 때문에 잠을 놓친 것처럼 짜증이 난다. 어쩌면 그 소리 때문에 졸음 비슷한 거라도 유발이 됐는지도 모르는데. 요컨대 나는 무엇엔가 끊임없이 핑계를 대고 싶어 하고 있었다.

이른 아침부터 부엌에서 달그락대는 소리가 나더니 아침상이 푸짐했다. 딸 내외와 손자 형제가 큰절을 했다. 음력으로 내 생일이었다. 내 생애에서 가장 욕된 생일날이다. '내가 태어난 날이여, 차라리 사라져 버려라'라고 자기 생일을 저주한 욥 생각이 났다.

서울에서의 2주일간의 기억이 몽롱한 가운데서도 여러 사람이 「욥기」를 들어 나를 위로하고자 했던 게 생각났다. 『구약』 중 「욥기」를 제일로 치는 사람도 있었지만 나는 나에게 이런 불행이 닥치기 전에도 「욥기」를 좋아하지 않았다. 의인을 속여먹는 속임수 같았다. 「욥기」 속에 하느님은 욥에게서 빼앗은 걸 고스란히 또는 두 배로 돌려주셨지만, 현실 속의 의인이 부당하게 빼앗긴 걸 돌려받는 걸 나는 본 적이 없다. 나는 물론 의인도 아니지만 의인이라 해도 내 아들이 살아올 리 없다. 그게 확실한데 「욥기」가 어떻게 위로가 될 수 있단 말인가.

아침부터 술을 마셨다. 서울서 딸 사위들로부터 각각 전화가 걸려왔다. 에미 생일을 기억한다는 표시이겠지만 서로 축하라는 말은 삼간다. 예절, 체면으로부터 자유롭고 싶다.

늘 아침을 걸렀건만 생일이라 그런지 딸은 그게 신경이 써지는 모양이었다. 점심은 나가 먹자고 했다. 뭐든지 구미가 당길 만한 것을 생각해 보라기에 우동을 먹고 싶다고 했다. 우동 국물을 마시고 싶었다. 광안동 해변가에 우동을 맛있게 하는 집을 알고 있다고 했다.

맛있게 먹으려고 좀 늦게 갔는데도 조그만 식당 안은 꽉 차 있었다. 우동 국물을 달게 마셨다. 맛은 잘 모르겠는데 균열이 생긴 것처럼 메마른 위장에서 잘 받았다. 집에 가면 낮잠을 잘 수도 있을 것 같았다. 밤에 잘 욕심으로 산책을 하자고 했다. 해변가로 나갔다. 광안동 쪽은 해운대보다 유흥가는 더 발달한 것 같은데 해변은 그쪽만 못한 것 같았다.

모래사장에 앉아 요트를 타는 청년을 아슬아슬하게 지켜보았다. 해풍에 돛이 옆으로 기울면 청년의 몸도 파도에 휩싸여 보이지 않게 된다. 나는 청년의 몸이 다시 균형을 잡아 시야에 들어올 때까지 숨도 제대로 못 쉬게 긴장한다. 한참 동안이나 요트가 죽지 꺾인 큰 새처럼 옆으로 누워 흐르고 청년이 보이지 않자 큰 소리로 구원을 청해야 할 것처럼 느낀다. 그러나 산책 나와 나처럼 바다를 보고 앉았는 어느 누구도 큰일 났다는 얼굴을 하고 있지 않다. 그럼 아무 일도 아닌가. 그래도 가슴이 울렁거려 눈을 감고 묵주기도를 한다.

　나중에 뭍으로 오른 요트의 주인을 보니 청년이 아니라 육십이 훨씬 넘었음 직한 노인이었다. 나는 그동안 혼자서 애를 태운 게 화가 났다. 공연한 헛수고를 했다 싶었다. 마치 늙은이는 빠져 죽어도 그만이라는 듯이. "늙은이가 주책이야." 내가 불쾌한 듯 중얼거리자 영문을 모르는 딸은 "어때요. 멋있잖아요" 하고 대답했다.

　저만치서 노파가 앉아서 김을 매듯이 땅을 뒤지고 있다. 무엇을 하고 있나 궁금해서 가까이 가 보니 자루에다 돌을 골라 담고 있다. 그쪽은 모래사장이 아니고 작고 매끄러운 돌이 깔려 있다. 자세히 보니 조개껍질 같기도 하고 아기 이빨 같기도 한 연분홍의 예쁜 돌이 그 일대에 쫙 깔려 있다. 화분 같은 데 깔면 보기 좋을 것 같다.

　그러나 노파는 그런 용도에 쓰기에는 너무 많은 돌을 마대 자루에 골라 담고도 한눈 한번을 안 팔고 그 일에 골몰하고 있었다. 하도 이상해서 그걸 다 무엇에 쓸 거냐고 물어보았다. 기념품을 만드는 공장에 갖다 팔 거라고 했다. 그렇게 말하는 노파는 앞니가 두 개밖에 없었고, 나이를 헤아릴 수 없을 만큼 주름이 깊었다. 아무리 없이 살아도 헐벗지는 않는 세상이라 그런지 노파의 입은 옷은 좀 너무하다 싶을 만큼 남루했다. 머리카락도 센치감을 느꼈다. 그러고 보니 해변에서 파는 싸구려 액자나 거울 틀에 그런 돌을 박은 걸 본 적이 있었다. 그런 걸 만드는 공장에서 노파의 수고비를 얼마나 박하게 쳐줄지는 물어볼 것도 없이 뻔했다. 그렇지만 밑천은 안 드는 돈벌이였다.

9월 중순의 한낮 햇볕은 사정없이 이글거렸다. 노파는 여름내 그 밑천 안 드는 돈벌이에 종사해 온 듯 드러난 팔과 종아리는 새까맣고도 기름기라곤 없어 비듬이 희끗희끗했다. 나는 밑도 끝도 없이, 그러나 확신을 가지고 노파에게 몹쓸 병이 들거나 술주정뱅이 아들이 있을 거라고 생각했다. 같이 늙어가는 영감을 위해서라면, 또는 의지할 데라곤 없는 처지여서 자기 한 몸 입에 풀칠하기 위해서라면 양로원에 가고 말지 그 보잘것없고 영세한 돈벌이에 그렇게 전력으로 종사할 수는 없을 것 같았다. 오로지 아들을 위해서만 그 보잘것없는 일이 타당하고도 거룩하게까지 보였다.

왜 그런 생각이 들었는지 모를 일이었다. 나는 미친년

처럼 화끈한 열정으로 그 생각에 탐닉했다. 조금도 거짓
없이 나는 그 노파가 부러웠다. 아들의 약값을 위해서든
아들에게 뜯기기 위해서든 아들을 위한 일 외엔 눈에 보이
는 게 없는 노파가 부러웠다. 나는 나도 모르게 노파의 일
을 돕기 시작했다. 그 일은 보기보다 수월하지 않았다. 분
홍빛 예쁜 돌만 쫙 깔려 있는 것 같아도 역시 모래와 잡석
속에서 추려내지 않으면 안 되었다. 노파는 내 서툴고 미
미한 도움을 의식하는 것 같지도 않았다. 마대 자루가 차
자 질질 끌고 말없이 가버렸다. 나는 노파의 뒷모습을 하
염없이 배웅했다. 어쩌면 나는 내 내부의 교만이 무너진
자리를 응시하고 있는지도 몰랐다.

에미 눈에 자랑스럽지 않은 자식이 어디 있을까마는
자식들마다 건강하고 공부 잘해 한 번도 속 안 썩이고 일
류 학교만 척척 들어가고 마음먹은 대로 풀릴 때, 그 에미
의 자랑은 기고만장할 수밖에 없다. 나 역시 그랬었다. 기
고만장 정도가 아니라 서슬 푸른 교만이었다. 그래서 남의
공부 못하는 자식, 방탕하거나 버르장머리 없는 자식을 속
으로 은근히 깔보았다. 그것도 학교라고 허리가 휘게 번

돈으로 등록금을 대야 하다니, 이런 마음으로 내 눈엔 도무지 차지 않는 대학에 보내고도 좋아하는 친구나 친척을 겉으론 축하해 주는 척하면서 속으론 불쌍해한 적도 한두 번이 아니었다. 뇌성마비로 태어난 남의 자식을 보고 차라리 죽는 게 나았을걸 하는 모진 생각을 한 적도 있었다. 그런 내가 노파를 부러워하고 있었다. 가장 못난 최악의 아들을 가정해도 역시 노파가 부러웠다. 가슴이 아리게 부러웠다.

내가 받은 벌은 내 그런 교만의 대가였을까. 하느님이 가장 싫어하시는 게 교만이라니 나는 엄중하지만 마땅한 벌을 받은 것이었다. 조금 마음이 가라앉는 듯했다. 나는 내 아들이 이 세상에 없다는 무서운 사실을 견디기 위해서 왜 그런 벌을 받아야 하는지 영문을 알아야만 했다. 아들을 잃은 것과 동시에 내 교만도 무너졌다. 재기할 수 없을 만큼 확실하게. 그러나 교만이 꺾인 자리는 겸손이 아니라 황폐였다.

내 죄목이 뭔지 알아냈다고 생각하자 조금 가라앉은 듯하던 마음이 다시 끓어오르기 시작했다. 내가 교만의 대가로 이렇듯 비참해지고 고통받는 것은 당연하다고 치자. 그럼 내 아들은 뭔가. 창창한 나이에 죽임을 당하는 건 가장 잔인한 최악의 벌이거늘 그 애가 무슨 죄가 있다고 그런 벌을 받는단 말인가. 이 에미에게 죽음보다 무서운 벌을 주는 데 이용하려고 그 아이를 그토록 준수하고 사랑 깊은 아이로 점지하셨더란 말인가. 하느님이란 그럴 수도 있는 분인가. 사랑 그 자체란 하느님이 그것밖에 안 되는 분이라니. 차라리 없는 게 낫다. 아니 없는 것과 마찬가지다. 다시금 맹렬한 포악이 치밀었다. 신(神)은 죽여도 죽여도 가장 큰 문젯거리로 되살아난다. 사생결단 죽이고 또 죽여 골백번 고쳐 죽여도 아직 다 죽일 여지가 남아 있는 신, 증오의 최대의 극치인 살의(殺意), 나의 살의를 위해서도 당신은 있어야 돼. 암 있어야 하구말구.

9월 15일

아침에 눈을 뜨자 잘 잤다는 느낌이 왔다. 그러나 그 애를 잃은 게 꿈이기를 바라는 몽롱한 순간 없이 곧장 의식이 명료해지고 말았다. 또 하루를 살아낼 일이 힘에 겨워 숨이 찼다. 이런 속도로 세월이 가서야 언제 내 아들에게 이를 거나.

밖에서 아이들이 자꾸 방 안을 엿보는 눈치길래 죽지도 않고 또 이렇게 깨어났다는 심술 같은 기분으로 벌떡 털고 일어났다. 마루에 나가 보니 어젯밤에 마신 맥주병이 굉장했다. 저녁이면 으레 사위가 대작해 주는 양으로는 모자라더 마시겠다고 떼를 쓴 생각이 났다. 밤중에 배달시킨 한 상자의 맥주도 다 빈 병만 남아 있었다. 어제는 생일이 핑계였지만 무작정 양을 늘려갈 수는 없으리라. 질을 높이는 수밖에. 독한 술, 편한 잠, 그리고 노추(老醜)˙…… 나는 남의 운명을 점치듯이 담담하게 내 앞날의 모습을 내다보며 쓸쓸하게 웃었다.

베란다에 나가 보니 수영만의 바다 빛이 꼭 잉크를 풀어놓은 것 같다. 문인들하고 유럽을 여행하면서 탄성을 지른 지중해 빛깔도 저러했던가. 그때가 언제더라. 먼먼 옛날의 일 같았다. 내가 문인이었던 것도.

딸네 아파트는 13층이다. 베란다엔 새시도 없다. 순간적으로 생을 마감할 수 있는 기회는 당장 발밑에도 있다. 그러나 나는 그럴 위인이 못 된다는 걸 안다. 또한 그것만이 아직도 못 버리고 있는 내 나름의 경신(敬神)˙˙의 한 방법이다.

이해인 수녀의 방문을 받았다. 남편의 병중, 상중에도 기도와 위로를 아끼지 않아 큰 힘이 되었는데 여기서 또 이런 꼴을 보이다니, 부끄럽고 숨고 싶었다. 딸애가 있는 대로지만 정성껏 점심을 지어 대접했다. 식사 후 수녀님한

˙   늙고 추함. 또는 그런 사람
˙˙ 신을 공경함

테 눈물을 보이고부터는 걷잡을 수가 없었다.

나는 사진첩까지 꺼내놓고 아들 자랑을 하기 시작했다. 그 애가 얼마나 특별한 아인지, 나에게 꼭 있어야 할 아들일 뿐 아니라 직업인으로서도 이 사회에 얼마나 필요한 인물인지, 그리고 동기간과 일가친척 사이에서 얼마나 사랑과 기대를 모았었는지, 눈에선 눈물을 쉴 새 없이 흘리며, 입에선 침이 마르게 늘어놓았다. 그동안 가족들 사이에선 상처를 피하듯이 조심스럽게 화제에 올리기를 삼가던 아들 얘기를 그 애를 전혀 알지 못하는 수녀님을 상대로 마치 걸신들린 것처럼 지칠 줄 모르고 해댔다. 특히 우리가 얼마나 특별하고도 완전한 모자(母子) 사이였다는 걸 강조할 때 내 허망한 열정은 극에 달했다. 막연한 불안과 함께 예전에 본 미국 영화 속의 사이코 엄마 생각이 났다. 나도 이러다 사이코가 되는 게 아닐까.

수녀님도 내 정신의 불균형을 감지한 듯 얼마 동안 부산의 분도수녀원에 들어가 있으면 어떻겠느냐고 했다. 번거로운 인간관계도 피할 수 있고, 공기 좋고 조용해 심신의 안정을 취할 수 있을 것 같다고 했다. 신앙이나 기도 생활에 도움이 될 것 같다는 소리가 안 들어간 권고여서 마음에 들었지만 그럴 엄두가 날 것 같지는 않았다. 부산 분도수녀원은 수녀님이 쭈욱 몸담고 있는 데지만 성체대회 준비 관계로 올해는 서울에서 일을 보고 있었다. 수녀님을 알게 된 것도 서울에서 내는 홍보용 책자에 원고 청탁을 받은 게 기회가 되었었다.

수녀원에 쉬러 들어가는 문제는 확답을 못하고, 수녀님을 떠나보냈다. 틈틈이 읽으면 위로가 될 거라며 얇은 책자 세 권을 놓고 가셨다.

9월 16일

엉망으로 취한 속에 수면제를 털어 넣었는데도 깊이 잠들지 못했다. 새벽엔 뒤척이기도 지겨워 베란다로 나가 앉아날이 밝아오는 걸 지켜보았다. 엷은 어둠이 지워져 가는동안의 바다 빛깔의 변화가 말할 수 없이 미묘했다.

　어느 순간 수영만의 빛깔이 정신이 아찔하도록 새파란속살을 드러내면서 눈높이까지 차올랐다. 아아, 나는 무엇에 찔린 것처럼 신음했다. 먼먼 옛날, 어느 행복했던 날,정다운 이와 분위기 있는 스카이라운지에 마주 앉아 뭔가작은 축복을 주고받으며 눈높이까지 쳐든 페퍼민트의 빛깔이 저러했던가? 햇빛이 빛나자 눈높이까지 부풀어 오르던 한 잔의 페퍼민트는 자취도 없이 사라지고, 바다는 거대한 물고기처럼 은빛 비늘을 번득이며 완만하게 출렁이기 시작했다.

저 바다는 정말 저기 있는 것일까. 내 아들은 이 세상에 정말 존재했던 것일까? 내 기억력 말고는 아들이 존재했었다는 아무런 흔적도 남아 있지 않은 이 세상이 도무지 낯설고 싫다. 그런 세상과는 생전 화해할 수 있을 것 같지가 않다.

부산 사람들이 죽어가는 걸 걱정하면서 살려내기 운동까지 벌였던 더러운 수영만이 진짜 수영만일까, 작은 술잔 속에 이상한 푸르름으로 농축됐던 수영만이 진짜 수영만일까. 보이는 것이라고 다 존재하는 것이 아니라면 기억하는 것이라고 다 존재했던 것이 아닐지도 모르지 않나. 연일 (連日)⋅의 불면 때문인가, 기억과 보임, 실재와 감수성이 걷잡을 수 없이 헝클어진다. 갈피를 잡을 수 없는 혼란은 다행히 몽롱하다.

아침엔 눌은밥을 폭 끓인 걸 한 공기나 먹었다. 균열이 생긴 것처럼 메마른 혀와 식도에 상쾌한 통증을 느꼈다.

⋅ 여러 날을 계속함

구수한 냄새도 좋았다. 딸이 눈을 빛내면서 좋아했다. 이렇게 해서 차츰 먹고 살게 되려나 보다, 이런 생각이 들자마자 이내 그럴 수 없다는 강한 반발이 치밀었다. 자식을 앞세우고도 살겠다고 꾸역꾸역 음식을 처넣는 에미를 생각하니 징그러워서 토할 것 같았다. 격렬한 토악질이 치밀어 아침에 먹은 걸 깨끗이 토해냈다. 그러면 그렇지 안심이 되면서 마음이 평온해졌다. 정신과 육체의 생각이 일치할 때의 안도감 때문인지 낮잠을 좀 잘 수가 있었다.

점심엔 커피만 마시고 책을 읽었다. 『잠깐 보고 온 사후의 세계』라는 책을 다 읽고 나서 『연옥 실화』를 읽었다. 육체라는 물질 없이도 의식이 존재할 수 있다는 증거를 찾아내고 싶었다. 『연옥 실화』를 읽으면서는 왠지 망자와 만나 회포도 풀고, 한풀이도 할 수 있는 기회가 되는 무속의 지노귀굿˙ 생각을 했다.

남의 지노귀굿을 구경한 적도 몇 번 있고, 어릴 때 돌아가신 할아버지의 지노귀굿 땐 할아버지 혼이 든 무당이 나를 알아보고 얼싸안더니 엉엉 울면서 생전에 있었던 일을

˙　죽은 사람의 넋을 위로하고 극락으로 인도하는 굿

영락없이 그려낸 경험도 있다. 그런데도 나는 그게 할아버지의 진짜 혼령이라는 걸 믿지 않았었다. 아무리 영한 무당의 지노귀굿에서도 마찬가지였다.

무속의 많은 부분을 긍정하면서도 몰입은 할 수 없도록 가로막던 벽은 종교를 갖고 나서 신앙의 문제에 있어서도 마찬가지였다. 내 딴에 이성이나 지성이라고 생각했던 것에 절망적인 내 정신의 한계를 느낀다. 눈 딱 감고 부수든지 뛰어넘어야 하는데 그게 잘 안된다. 못 그러도록 나를 강하게 옭아매고 있는 또 하나의 나를 느낀다.

『잠깐 보고 온 사후의 세계』는 오래전에 읽은 적이 있는 낡은 책인데 부산 오면서 챙긴 몇 권 안 되는 책 중에 들어 있다. 직접적인 해답을 찾아낼 수 있을 것 같은 제목 때문이었으리라. 흥미 본위(本位)로 대강 읽은 걸 다시 꼼꼼히 꼭 뭔가 찾아내고 말 기세로 들이덤볐다. 번역한 사람이 믿을 만한 분이고, 의학박사가 임상학적으로 사망이 확인된 후 다시 소생한 이들의 진술에 근거하여 썼다는 서문도 이 책을 썩 믿을 만하게 했다.

• 행동이나 판단의 중심으로 삼는 기준

과연 그들의 진술의 공통점에 대해선 의심할 여지가 없었지만 그들이 정말 죽었었다는 증거는 아무 데서도 찾아볼 수 없었다. 다들 육신이 부식하기 전에 깨어났으니까. 의사가 아무리 사망진단을 해도 신이 사망진단을 내리지 않는 한 육신은 썩지를 않는다. 신의 사망진단이 내리고 나서 살아난 사람은 아직 없고 따라서 사후세계를 보고 온 이도 있을 수 없다. 아들이 가 있는 세계와의 무한한 거리, 완벽한 무지(無知)에 대해 그 책은 도움이 됐다기보다는 그것들을 더욱 확인시켜 준 데 불과했다. 그러나 그런 책들 때문에 하루를 훨씬 수월하게 보낼 수는 있었다.

　나는 왜 이렇게 죽자꾸나 고통스러운 하루를 낱낱이 반추하려 드는가? 차라리 미쳐버리고 싶다고 수시로 미친 상태를 동경하면서도 실상은 미치는 게 두려워서 하루하루의 정신상태를 점검하려는 게 아닐까? 체면도 생의 의욕 중의 일부분이 아닐까? 나를 남처럼 바라보면서 끔찍한 여자라고 생각한다. 시시각각 추락해 가는 비행기 속에서 그 마지막 순간의 기록을 남긴 어느 일본 사람 생각도 났다.

9월 17일

어젯밤엔 맥주 대신 소주를 마셨더니 좀 잔 것 같다. 꿈을 꾸었으니까. 난리가 나서 허둥거리며 피난을 가고, 사람들이 죽고, 거리가 삼엄하고, 양식이 동이 나는 꿈이었다. 꿈속에서도 올림픽 첫날에 난리가 나서 다 중단됐다고 했다. 내란 같기도 하고 천재지변 같기도 한 묘한 공포 분위기였건만 깨어나니까 좋은 꿈을 놓치고 난 것처럼 허전했다.

내 아들이 없는데도 온 세상이 살판난 것처럼 들떠 있는 올림픽의 축제 분위기가 참을 수 없더니, 내 아들이 없는 세상 차라리 망해버리길 바란 거나 아니었을까. 내 무의식을 엿본 것 같아 섬뜩했다. 아아, 천박한 정신의 천박한 꿈이여. 내 아들아, 어쩌면 에미를 이렇게까지 비참하게 만드니.

그러거나 말거나 오늘은 88서울올림픽의 개막식 날이다. 날씨는 쾌청하고 개막식도 잘돼가는 모양이다. 딸, 사위, 손자들이 텔레비전으로 그 광경을 시청하면서 연방 탄성을 지르며 즐거워하고 있다. 그런 분위기를 훼방 놓지 않을 만큼 대범해야 된다는 건 인내가 아니라 고투다.

그저 만만한 건 신이었다. 온종일 신을 죽였다. 죽이고 또 죽이고 일백 번 고쳐 죽여도 죽일 여지가 남아 있는 신, 증오의 마지막 극치인 살의, 내 살의를 위해서도 당신은 있어야 돼.

오후 3시경에 서울에서 둘째와 셋째와 손자가 내려왔다. 딸들을 다시 만난 게 조금도 반갑지 않았다. 그 애들의 지극한 염려도 그저 귀찮고 시들했다. 나는 그동안 그 애들을 생각하지 않았다. 오로지 아들 생각만 했다.

문득 내가 아들 대신 딸 중의 하나를 잃었더라면 이보다는 조금 덜 애통하고, 덜 억울했을지도 모른다는 생각이 들었다. 처음 해보는 생각이었다. 그런 생각이 떠오른 것 자체기 두려워 나는 황급히 성호를 그었다. 행여 또 그런 생각이 떠오를까 봐 속으로 주모경(主母經)*을 외웠다. 그래도 두려워 화장실에 가서 울며 용서를 비는 기도를 했다. 오랜만에 해보는 기도였다. 그래도 두려움과 가슴의 울렁거림은 가라앉지 않았다.

나는 신이 생사를 관장하는 방법에 도저히 동의할 수가 없고, 특히 그 종잡을 수 없음과 순서 없음에 대해선 아무리 분노하고 비웃어도 성이 차지 않지만 또한 그런 고로 그분을 덧들이고** 싶지 않았다. 나는 오직 그분만이 생사를 관장하고 있다고 신의 권위를 믿고 있었고, 불쌍하게도 깊이 공구(恐懼)***하고 있었다.

저녁 때는 여럿이 해운대로 나갔다. 수영만이 올림픽 요트 경기장이라 외국 사람들이 많이 눈에 띄었다. 우리가 느끼는 기온은 긴 소매도 썰렁한데 털이 노란 거구의 남녀가 비키니 비슷한 차림으로 거침없이 활보하는 게 괜히 꼴보기 싫었다.

- 가톨릭에서 주님의 기도와 성모송을 아울러 이르는 말
- 남을 건드려서 언짢게 하다.
- 몹시 두려움

손자들이 환성을 지르며 바다를 향해 질주하다가 큰 파도가 몰려오면 더 크게 악을 쓰며 도망을 쳐서 모래사장으로 되돌아오는 놀이를 지치지도 않고 되풀이했다. 특히 서울서 온 네 살짜리는 목이 쉬고 옷이 다 젖는 것도 아랑곳하지 않고 그 놀이에 광분하고 있었다.

손자 중 제일 나이 어린 그 녀석은 자주 제 키의 몇 배나 되는 물벼락을 맞느라 모습이 보이지 않다가 나타나곤 했다. 그때마다 나는 바다가 그 녀석을 아주 삼켜버릴 것만 같아 간이 오그라붙는 것 같았다. 나란히 앉은 걔들 에미들은 태연히 담소를 즐기는데 나 홀로 그 모양이었다.

아들의 죽음을 기정사실로 받아들이고 나서 한 생각 중 꽤 괜찮은 생각은 앞으로 나에겐 기쁨도 없겠지만 근심도 없으리라는 거였다. 그런데 이게 무슨 꼴이람. 남이 안 하는 걱정까지 도맡아 하고 있었다. 내 걱정을 요약하면 또다시 사랑하는 이가 죽는 것을 볼까 봐였다. 아직도 나에게 걱정거리가 많은 것은 아직도 사랑이 안 끝났음인가. 병적인 걱정 때문에 지칠 대로 지쳐 돌아왔다.

큰애가 내 과음에 대해 동생들에게 일러바쳐서 세 아이

가 합세를 해서 걱정을 하고 법석을 떠는 바람에 목을 축이는 정도로만 마시고 일찍 혼자서 방으로 돌아왔다. 술 대신 책으로 잠을 청할 궁리를 한다.

법정 스님이 쉬운 말로 옮긴 『법구경』을 읽었다. 짧은 운문을 집대성한 사화집 같은 거여서 쉽게 다 읽을 수가 있었다. 다 옳은 말씀이고 또 여러 사람들에 의해 자주 인용된 구절도 많아 친근감을 느꼈지만 내가 원하는 걸 찾아내진 못했다. 내가 원하는 건 육신이 죽은 후에도 영혼은 남아 있다는 확답이었다. 그 밖의 문제에 대한 관심은 다 건성이었다.

다 읽고 나서 옮긴이의 해설을 보니 이 시는 후딱후딱 건성으로 넘기지 말고 한 편 한 편 마음의 바다에 비추어 보면서 차분히 음미하듯이 읽는다면, 맑은 거울이 되어 그 속에서 자기 얼굴을 들여다볼 수 있을 것이라는 당부의 말이 실려 있었다. 내 속을 들여다보고 한 말 같았다. 이 세상에 진리의 말씀이 사람 수효보다 많다고 해도 내 마음의 껍질을 뚫고 들어와 속마음을 울리는 한마디 외에는 다 부질없는 빈말일 뿐인 것을. 세상이 아무리 많은 사람과 좋은 것으로 충만해 있어도 내 아들 없는 세상은 무의미한 것처럼.

남편이 별세한 후 『반야심경』을 해설한 카세트테이프를 마냥 반복해 들으며 위로받은 생각이 났다. 그때만 해도 내 마음이 열려 있었기 때문에 좋은 말에서 마음의 자세를 바로잡아 주는 힘을 얻을 수가 있었다. 그러나 지금은 아니었다. 너무도 큰 슬픔이 내 마음을 돌처럼 딱딱하게 만들어버렸다.

이해인 수녀로부터 받은 세 권의 책 중 『샘』과 『종교 박람회』도 『법구경』처럼 단숨에 읽었다. 두 권 다 앤소니 드 멜로라는 처음 들어보는 신부님이 쓴 짧고 재미있는 이야기 모음이었다. 쉽고 단순한 글들이었지만 조급하게 읽어도 되는 글은 결코 아니었다.

그러나 나는 『법구경』 때와 마찬가지로 느릿느릿 음미할 마음이 되어 있지 않았다. 지금 내게 필요한 건 어떻게 사느냐가 아니라 사후의 생명을 믿을 수 있는 확실한 보증이었다. 내가 왜 이런 고통을 받아야 하는지 납득할 수 있는 신의 명확한 계산서였다. 이런 나에게 나 자신도 도무지 속수무책이었다.

나머지 한 권은 『죽음이 마지막 말은 아니다』(게르하르트 로핑크)라는 50쪽 정도의 얇은 소책자였지만 그 속에서 발

견한 아름다운 한 편의 시 때문에 날이 샐 때까지 한잠도
이루지 못하고 말았다.

(전략)

모든 사람에게는 비밀스러운 세계가 있다.
가장 아름다운 순간으로 빛나고,
가장 끔찍한 날로 상처 입은 그 세계는
다른 이들에게는 결코 열리지 않는다.

그리고 한 사람이 죽으면, 그와 함께
회색 새벽에 맞이한 첫눈,
밤중의 첫 키스와 첫 분노도
모두 그와 함께 사라진다.

(중략)

우리는 형제와 친구에 대해,
우리 가까이에 있으면서도 먼 곳에서 꿈꾸는 그녀에

대해 무엇을 알고 있을까!

　마주 보고 있는 아버지에 대해,

　우리는 모든 것을 알고 있으면서도 아무것도 알지 못
한다.

　사람들은 떠나고 … 그들은 정말로 사라진다.

　그들의 세계는 죽은, 텅 빈 공간이 되어버린다.

　그리고 매번, 당신을 떠올릴 때면,

　이 끝에 대해 외치고 싶어진다.

　베개가 젖도록 흐느껴 울었다. 죽음이 왜 무시무시한
지, 아들의 죽음이 왜 이렇게 견디기 어려운지 정연한 논
리로서가 아니라 폭풍 같은 느낌으로 엄습해 왔다. 하나
의 죽음은 그에게 속한 모든 것, 사랑과 기쁨, 고통과 슬픔,
체험과 인식 등, 아무하고도 닮지 않은, 따라서 아무하고
도 뒤바뀔 수 없는 그만의 소중하고도 고유한 세계의 소멸
을 뜻한다.

　그러나 그 시 속에 묘사된 한 인간의 죽음과 더불어 소
멸되는 세계 속엔 그의 고유하고 신비에 싸인 체험만 있

지 미래는 포함되어 있지 않다. 젊은 죽음과 함께 사라지는 세계 속엔 그 자신과 그의 부모 형제가 걸던 얼마나 다채롭고 풍부한 미래가 포함돼 있는가. 특히 자식이 부모의 소망은 물론 허영심까지 충족시켜 줄 만큼 잘 자라 부모가 한참 우쭐해 있을 때, 부모는 어리석게도 자식이 성취한 것을 자신의 것으로 착각하게 된다.

나 역시 그랬었다. 아들의 세계와 나의 세계는 동일한 축(軸)을 가지고 마냥 팽배해 가고 있었다. 그 나름의 독립, 혹은 연애나 결혼 등으로 에미로부터 분화(分化)해 나가기 직전, 모든 가능성과 희망을 공유하던 에미로서는 가장 행복한 착각의 시절에 아들은 홀연 자취도 없이 사라져 버렸다. 그러니까 그의 죽음은 하나의 세계의 소멸이 아니라 두 개의 세계의 소멸을 뜻했다.

그러나 우리는 우리가 가장 사랑하는 이에 대해 과연 무엇을 알고 있다고 할 수 있는가? 아들이 인턴 과정을 끝마치고 전문의는 무슨 과를 택할까 의논해 왔을 때 생각이 났다. 그 애는 나만 반대하지 않는다면 마취과를 하고 싶다고 했다. 뜻밖이었다.

나는 아들로 인하여 자랑스럽고 우쭐해하는 데 익숙해

져 있었다. 누가 시키거나 애써서가 아니라 그 애 스스로가 선택한 학교나 학과가 에미의 자긍심을 충분히 채워주었기 때문에 이번에도 으레 그러려니 했다. 내 무지의 탓도 있었지만 마취과는 어째 내 허영심에 흡족지가 못했다. 나는 왜 하필 마취과냐고 물었다. 그 애는 그 과의 중요성을 자세히 설명했다.

"그런 식으로 말해서 중요하지 않은 과가 어디 있겠니? 이왕 임상을 할려면 남 보기에 좀 더 그럴듯한 과를 했으면 싶구나."

나는 내 허영심을 숨기지 않고 실토했다. 그때 아들의 대답은 이러했다.

"어머니, 마취과 의사는 주로 수술장에서 환자의 의식과 감각이 없는 동안 환자의 생명줄을 쥐고 있다가 무사히 수술이 끝나고 의식이 돌아오면 별 볼일이 없어지기 때문에 환자나 환자 가족으로부터 고맙다든가 애썼다는 치하를 받는 일이 거의 없지요. 자기가 애를 태우며 생명줄을 붙들어 준 환자가 살아나서 자기를 전혀 기억해 주지 않는다는 건 얼마나 쓸쓸한 일이겠어요. 전 그 쓸쓸함에 왠지 마음이 끌려요."

그 아들에 그 에미랄까, 나 또한 아들의 마음이 끌린 쓸쓸함에 무조건 마음이 끌려 그 애가 원하는 것을 쾌히 승낙했다. 늘 사랑과 칭찬만 받으면서 자라 명랑하고 거침이 없고 남을 웃기기 잘하고 농담 따 먹기에 능하던 아들의 전혀 새로운 면이었다.

나는 그때 아들에 대해 새롭게 알았다. 품 안의 자식인 줄로만 알았던 아들이, 알아버렸다가 아니라 알아야 할 무진장한 걸 가진 대상으로 우뚝 섰을 때 얼마나 대견했던지, 그리고 그때의 그 앎의 시작에 대한 설렘까지 꼬박이 밝힌 새벽빛 속에 생생하게 되살아났다.

9월 ○○일

해가 벌써 이렇게 짧아졌는지 날이 흐렸는지 7시까지도 방 안이 침침하다. 며칠째 시간 감각이 마비가 된 건지 착란을 일으킨 건지 시시각각이 여삼추(如三秋)˙ 같다가도, 지내놓고 보면 몇 시간이고 몇 날이고 건너뛴 것처럼 기억이 지워지곤 한다. 죽음이란 숨 쉬지 않음인가, 기억 없음인가.

　요 며칠 동안 술을 줄이고 책만 읽었다. 밤낮을 가리지 않고 깨어 있는 동안은 읽다가 잠이 오면 또 밤이건 낮이건 따지지 않고 깜박깜박 졸곤 했다. 주로 신과 내세(來世)에 관한 책이었지만 지금 머리에 남아 있는 건 아무것도

・　시간이 3년과 같이 길게 느껴짐

없다. 다 부질없는 짓이다. 그런 독서로 시간을 죽이는 것 외에 조금이라도 얻은 것이 있다면 신과 내세의 문제야말로 죽어보지 않고는 알 수 없다는 걸 깨달은 정도다.

그런 종류의 책 말고 『여자란 무엇인가』를 비롯해서 김용옥의 책도 세 권이나 읽었는데 아무것도 생각나지 않기는 마찬가지이다. 그러나 딸의 서가에서 그의 저서를 골라낸 내 의식의 흐름은 역시 신의 문제와 무관하지 않았다.

무심히 책장을 펄럭이다가 신부 놈들이란 낱말이 눈에 띄길래 신부님의 오자인 줄 알고 그 앞뒤의 문맥을 더듬어보니 그게 아니었다. 신에 대한 지칠 줄 모르는 앙분 때문이었을까, 신부를 욕하는 소리가 그렇게 상쾌하고 고소하게 들릴 수가 없어서 이끌린 책이었다.

베란다까지 걸어 나가는 것도 버거워 안방 창틀에 걸터앉아 버릇처럼 수영만 쪽을 바라본다. 요트 경기장의 성화가 아주 잘 보여 아직도 올림픽 기간이라는 것을 일깨워준다. 하루 중 아마 이맘때가 제일 잘 보이는 시간이 아닌가 싶다. 밤엔 주위의 휘황한 불빛 때문에 낮엔 햇빛 때문에 거의 거기서 타오르는 성화를 보지 못했다.

오늘의 바다 빛깔은 오염이 심할 때의 한강의 해빙기

같다. 해변 가까이는 얼음판 같은 빛깔이고 먼바다는 탁한 회색이다. 그리고 그 두 빛깔 사이의 경계 또한 강의 얼음 장이 수심이 얕은 데만 남아 있을 때처럼 부드럽고 모호하다. 수평선도 다른 날보다 훨씬 다가와 보이건만 대마도는 지워진 듯 안 보인다. 나는 이런 풍경을 망막에 새기듯이 무턱대고 마냥 주시한다.

내 아들은 이 모든 것을 보지 못하게 되었다. 내가 열심히 보고 있는 것의 무의미성에 그만 진저리를 친다.

잡다하게 읽은 책 중 어떤 목사님이 죽었다 깨어나서 보고 왔다는 천당 생각이 났다. 그가 보고 온 천당은 바닥은 온통 황금이고 궁정 같은 집은 화려한 보석으로 되어 있더라고 했다. 내가 상상한 천당하고 너무 달라서 더 읽을 마음이 나지 않았다.

내가 그랬으면 하고 그려보는 천당은 내 고향 마을과 별로 다르지 않다. 풀밭, 풀꽃, 논, 밭, 맑은 시냇물, 과히 험하지도 수려하지도 않지만 새들이 많이 사는 산, 부드러운 흙의 감촉이 좋아 맨발로 걷고 싶은 들길, 초가집 등이 정답게 어울린 곳이다. 내 고향 마을에서 천당으로 옮겨놓고 싶지 않은 건 터무니없이 크고 과히 깨끗지 못한 뒷간 뿐이다. 그러나 천당 바닥이 풀밭이 아니면 또 어떠랴. 황금이나 양탄자라 해도 사후에도 뭔가 보이는 것만 있다면 말이다.

오후엔 딸의 친구가 먹을 걸 해가지고 나를 보러 왔다. 아들의 조문을 받아야 하는 고통과 수치를 피하고 싶은 것도 부산으로 내려온 까닭 중의 하나였다. 딸도 에미의 이런 심정을 빤히 아는지라 제집에 아무도 찾아오지 못하게 세심하게 신경을 쓰는 눈치였는데 그 친구는 좀 무례하다 싶을 정도로 예고 없이 들이닥쳤다.

나는 딸 또래의 젊은이로부터 듣게 될 어색한 위로의 말이 지레 겁이 나 숨고 싶었지만 그것도 여의치 않았다. 그러나 그 젊은이는 내 아픈 곳은 한 번도 안 건드리고 자기가 해온 음식의 맛과 영양가에 대해서만 얘기했다. 그 태도가 티 없이 맑으면서도 공손해서 은연중 제대로 된 가정교육을 받은 좋은 품성을 풍겼다. 나는 세상 물정 모르는 철부지가 내 고통을 함부로 건드릴까 봐 잔뜩 도사려 먹은 마음을 풀고 편안해질 수가 있었다.

그리고 그이가 가자 나는 딸에게 참 좋은 사람이더라고 그이 칭찬을 했다. 딸도 제 친구가 엄마 마음에 든 게 기쁜지 묻지도 않은 그의 가정환경까지 들려주었다.

그는 양친이 구존해 계시고 형제자매도 여럿인데 하나같이 좋은 학교 나와 출세하고 경제적으로도 유복하게 산다고 했다. 또 그 여러 형제자매들이 낳은 손자녀까지 합치면 그의 양친이 퍼뜨린 직계 가족이 50명 가까운데 여직껏 한 번도 참척을 겪은 일이 없다고 했다.

거기까지는 듣기가 좋았는데, 그 집안이 그렇게 잘되는 것은 그 어머니의 독실한 신앙과 끊임없는 기도 생활 덕분이라는 것을 자손들이 느끼고 늘 감사하며 산다는 대목에서 나는 그만 마음이 몹시 상하고 말았다. 상한 정도가 아니라 가슴에 못이 되어 박히는 기분이었다. 딸도 들은 대로 말했을 뿐 그 한마디가 에미를 그토록 아프게 한 줄은 미처 몰랐으리라.

나는 그럼 기도가 모자라서 아들을 잃었단 말인가. 꼭 그렇게 들려서 고깝고 야속했다. 세상에 자식을 위해서 기도하지 않은 에미가 어디 있단 말인가. 가톨릭에 입교한 지가 4년밖에 안 되니까 예수 그리스도를 통해 기도한 지는 그밖에 안 될지도 모른다. 그렇다고 그전에 기도가 없었을까. 영세(領洗)*받고 성당이나 집에서 격식에 맞게 올리는 기도보다, 그전에 마음에서 우러날 때마다 자연 발생적으로 바친 기도, 기도하듯 삼가는 마음가짐이 훨씬 더 순수하고 간절했었다.

다섯 아이를 다 젖 먹여 기를 때, 어린것을 가슴에 안고 내 몸 안에서 가장 좋은 것뿐 아니라, 내 심성 속에서 가장 좋은 것만이 자식에게 아낌없이 주어지길 비는 마음은 거의 접신(接神)의 경지였다. 그럴 때 나는 내 자식이 커서 무엇이 될지는 감히 예측할 수 없었지만 적어도 악(惡)하게 되지는 않을 것만은 확실하게 믿을 수 있었으니까. 그걸 믿고 의지하기 위해 자식을 놀러 내보낼 때나, 학교에 보낼 때나, 잠재울 때나, 도시락을 쌀 때나 기도하듯 삼가는 게 보통 에미들의 공통적인 마음가짐이다.

영세를 받고 나서 틀에 박힌 기도의 격식과, 믿고 기도하면 못 이룰 것이 없다는 열렬한 신자의 간증 때문에 되레 기도하는 심성은 주눅이 들어버린 느낌이 들 정도였다.

  • 가톨릭에서 세례를 받는 일

그게 죄였을까. 오직 예수 그리스도 당신의 이름만 부르며 매달리지 않아서? 그건 말도 안 돼.

　　남색 프레스토 생각이 났다. 아들이 의과대학을 졸업하던 해 사 준 소형차가 남색 프레스토였다. 그때만 해도 고루한 내 상식으로는 인턴 주제에 제 차는 사치였다. 그러나 꼭두새벽에 나가 오밤중에 들어오는 고되고도 고된 인턴 생활에서 출퇴근에 소모하는 시간과 체력을 조금이라도 덜어주고 싶어 그 차를 사도록 했다. 집에서 병원까지는 너무 멀고 교통편도 불편한지라 그 애의 자가용만은 사치품에서 제외시켜 주고 싶었다.

　　그러나 나로서는 크나큰 걱정거리를 떠맡은 셈이었다. 첫새벽에 단잠이 덜 깬 부수수한 얼굴로 커피도 마시는 둥 마는 둥 그 차를 끌고 출근을 하고 나면 꼭 졸면서 운전하다 큰 사고를 낼 것만 같은 방정맞은 생각을 떨칠 수가 없었다. 퇴근 때는 그런 방정맞은 생각이 아침보다 더했다. 들어올 시간이 지나고부터 온갖 망상에 시달려야 했다. 지칠 대로 지친 몸으로 차를 몰고 오다가 깜빡 졸면서 교각이나 가드레일을 들이받는 끔찍한 망상을 물리치는 길은 그래도 기도밖에 없었다.

그때만 해도 영세를 받은 후였으니까 주로 묵주기도를 바쳤다. 아파트 진입로가 보이는 뒤 베란다로 나가 남색 프레스토를 목 빠지게 기다리며 나는 얼마나 수도 없이 손가락의 묵주반지를 돌렸던가. 그놈의 프레스토가 웬수다 싶다가도 막상 아들의 상체가 보이는 프레스토가 나타나면 모든 근심은 사라지고 아들과 함께 남색 차까지도 그렇게 예뻐 보일 수가 없었다.

당직이라 안 들어올 때는 내가 직접 먹을 것과 잠자리를 챙겨주지 못하는 허전함을 기도로써 대신하려 했고, 그애를 위해 기도할 때처럼 내 정성이 하늘에 닿는 것처럼 느낀 적도 없었다. 그러나 내 정성은 결코 하늘에 닿지 않았다. 그러니까 하느님 같은 건 있지도 않다. 나는 억지를 부리듯 이렇게 결론을 내린다. 그래도 신의 문제는 나를 쉽사리 해방시켜 주지 않는다.

신앙 깊은 어머니 덕에 자손이 다 잘된 얘기가 나에게 그렇게 뼈아프게 와닿았음에도 내가 당한 고통의 의미를 내가 저지른 죄를 통해 찾아내려는 종교적 심성이 내 안에 있기 때문이 아니었을까. 지금 현재 신의 문제는 나에게

늪과 같다. 집요하고 수렁 깊은 늪, 벗어나려고 몸부림칠수록 점점 더 끌려 들어가는 느낌이다. 아무리 깊이 빨려 들어가 그 밑바닥까지 도달한다 해도 신을 만나지는 못하리라. 적어도 이 늪에서 해방되지 않는 한 신의 얼굴은 요원할 뿐이다. 끔찍스러운 모순이다.

서울서 심 신부님이 전화하셨길래 반갑기도 하고 설움도 복받쳐 서울 가서 혼자 있고 싶다고 하소연했다. 다들 앞으로 내가 내 아파트에 다시 들어가 혼자 사는 것은 말도 안 된다고 생각하는데 신부님은 참 좋은 생각이라고 동의해 주셨다. 조금 희망이 생기는 것 같았다. 그러나 딸한테는 입 밖에 내서 말하지 않았다. 아직은 가망 없는 일이었다. 그 애는 나를 중환자 취급하고 있었다.

9월 ○○일

어젯밤에 다시 많은 술을 마셨더니 아침까지 골치는 좀 욱신거렸지만 늦잠을 잘 수가 있었다. 습관처럼 제일 먼저 베란다로 나갔다. 올림픽이 개막되기 전엔 되레 요트가 떼지어 먼바다로 나가는 게 종이배처럼 보이더니만 막상 요트 경기가 시작된 수영만엔 햇빛의 농도에 따라 성화가 보였다 안 보였다 할 뿐 요트는 보이지 않았다.

벌써 나갔나. 나갔으면 돌아올 때가 있겠지. 나는 요트가 눈에 뜨일 때까지 지켜보기로 했다. 그것도 시간을 주름잡는 한 방법이었다.

"엄마가 시방 소리개고개까지 왔으면 내 엄지손가락이 가운뎃손가락에 척척 붙어라." 이러면서 읍내 장에 가신 엄마를 기다리는 지루한 시간을 주름잡던 어린 시절부터 나는 지금 얼마나 멀리 와 있는 것일까. 삶의 노독(路毒)인* 양 가슴과 뼈마디가 둔하고 깊게 욱신거렸다.

　도대체 이 무의미한 항해는 언제 끝날 것인가. 남편이 꼭 남자의 평균 수명을 살고 갔으니 나도 여자의 평균 수명만 산다고 가정해도 아직 13, 14년은 더 살아야 한다. 아직도 13, 14년을 더 살아내야 하다니. 태어난 게 잘못이다. 또 서울 가서 혼자 사는 문제를 생각해 본다. 생활의 변화에 대한 꿈이 있어서는 아니다.

　나는 나를 남처럼 저만치 떼어놓고 그 속을 빤히 들여다본다. 나는 여기 딸네 집 베란다에서 수영만을 목적 없이 바라다보는 것보다 우리 집 뒤 베란다에서 남색 프레스토를 하염없이 기다리고 싶은 거였다. 마냥 기다리고 있으면 반드시 우리 아파트 진입로로 운전대를 꺾는 아들의 준수한 얼굴을 볼 수 있을 것 같다. 미쳐서라도 좋으니 그렇게 되고 싶다.

　부연 안개가 걷히면서 수영만에 푸른 기가 돌기 시작했

---

* 　먼 길에 지치고 시달려서 생긴 피로나 병

다. 그러나 아직은 분청사기처럼 불투명하고 고르지 못하다. 거피도 베란다에서 마시면서 기다린 보람으로 마침내 요트들이 나가는 것을 볼 수가 있었다. 10시 경이었다. 너무 느리고 한유(閑裕)로워* 보여 조금도 경쟁이나 승리를 위한 출범 같지가 않았다. 텔레비전을 볼 때마다 손자들이 환호하며 외치는 금메달이나 신기록이니 하는 올림픽 열기와는 동떨어진 별세계의 풍경화처럼 보인다.

돛단배들이 아물아물 먼바다로 작아져 가는 걸 지켜보는 사이에 몽롱한 조오롬이 왔다. 어렴풋한 희망이 조오롬을 더욱 감미롭게 했다. 아아, 꿈이었으면, 그 모든 일들이 한바탕의 꿈이었으면. 그리하여 퍼뜩 일어나 보니 내 악몽을 근심스럽게 흔들어 깨워준 게 내 아들이었으면. 그러나 그런 희망으로 가슴이 울렁거려 곧 눈이 말똥말똥해지고 말았다.

한낮의 수영만은 좀 더 밝아져서 평평한 사막 같다. 그러나 구름 낀 하늘과의 사이의 수평선이 자를 대고 푸른 물감으로 그은 것처럼 선명한 게 좀 기이해 보인다. 이렇

• 한가롭고 여유가 있다.

게 불투명한 날에 대마도가 보이는 것도 이상하고, 마치 아지랑이가 가물댈 때의 봄 동산처럼 몽롱하고 푸르게, 그러나 꽤 가까이 보인다.

마침 배달을 온 청년이 "이 집 참 전망 좋다"며 베란다를 기웃대다가 대마도를 보더니 "내일 비 오겠군" 하면서 일기예보를 한다. 대마도가 보이면 다음 날 영락없이 비가 온다는 것이었다. 내가 안 믿는 눈치를 보이자 청년은 나더러 내기를 하잔다. 여간 자신만만하지가 않다. 순전히 경험에 의한 지혜도 젊은이에게 못 미치는 내 나이가 더욱 초라하게 느껴져 나는 열없이 그냥 웃기만 했다.

저녁 무렵에 노순자 씨로부터 전화를 받았다. 아들 잃고 나서 처음 듣는 그의 목소리에 나는 울음부터 치밀었다. 내 아들 자라는 걸 어려서부터 지켜보았고 그 또한 외아들을 기르고 있으니 내 비통을 헤아리는 마음도 남다르리라는 걸 알기 때문에 더욱 복받치는 통곡을 참을 수가 없었다. 몇 마디 하다가 그냥 끊었다. 울음과 함께 온종일 살얼음판을 밟듯이 참아내던 포악과 물음이 복받쳤다.

내 아들의 죽음의 의미는 뭘까? 죽음 후에도 만남이 있을까? 그 애의 죽음은 과연 피할 수 없는 운명이었을까? 신이 있기나 있는 것일까? 인간의 기도나 선행과는 상관없이 인간으로 하여금 한 치 앞도 못 내다보게 눈을 가려놓고 그 운명을 마음대로 희롱하는 신이라면 있으나마나가 아닐까?

여직껏 지녀온 신의 개념 중에서 자비로움, 공정성 같은 걸 빼버리면 신 또한 시체만 남게 된다. 성경에는 예수께서 십자가에 못 박혀 운명하시기 직전에 큰 소리로 남기신 말은 "엘리 엘리 레마 사박타니?"라고 기록하고 있고 그 뜻은 "나의 하느님, 나의 하느님, 어찌하여 나를 버리시나이까?"라고 밝히고 있다. 그러나 정작 숨은 뜻은 "하느님, 하느님, 결국 당신은 안 계셨군요?"가 아닐까.

지치도록 울다가 옷을 갈아입으려고 서울서 가져온 가방을 뒤지는데 묵주가 만져졌다. 남편의 투병 중 문병을 와준 친구가 특별한 의미를 부여하면서 주고 간 묵주였다. 친구가 몇 년 전 성지순례하면서 성모님이 몇 번씩이나 기적을 보이셨다는 유럽의 어떤 성당에서 산 건데 어려운 일이 있을 때마다 그 묵주로 기도를 바치면 영락없이 잘 들어주시더라는 것이었다. 그런 연유로 자기에겐 마음의 든든한 지주 같은 특별한 묵주니 아주 줄 수는 없고 빌려주는 거니 나도 열심히 기도를 바쳐 그런 은총을 받도록 하라고 했다.

나는 그 묵주로 9일기도도 바쳐보고 단식기도도 바쳐봤지만 남편의 생명을 붙들지는 못했다. 그 묵주가 어떻게 짐 속에 들어 있었을까? 아마 둘째가 짐을 싸면서 에미가 너무 힘들 때 혹시 위로가 될까 해서 챙겨 넣은 모양이다.

나는 그 묵주가 특별히 영검하다는 걸 믿지 않는다. 처음부터 믿지 않았었다. 내가 그걸 굳게 믿을 수 있었다면 아마 그 묵주로 남편의 병을 고칠 수 있었을지도 모른다. 그럼에도 불구하고 나는 묵주를 보자 덜컥 가슴이 내려앉아 얼른 주모경을 바치고 나서 작은 주머니 속에다 넣어두었다. 그러고 나서 "주님, 당신을 사랑해서가 아닙니다. 믿어서도 아닙니다. 만에 하나라도 당신이 계실까 봐, 계셔서 남은 내 식구 중 누군가를 또 탐내실까 봐 무서워서 바치는 기도입니다"라고 내 기도에다 주석을 달았다.

주를 믿어서도 사랑해서도 아닌, 단지 공포 때문에 올리는 기도란 얼마나 참담한가. 참담 그 자체, 그건 바로 나 자신이었다. 예수는 당신이나 십자가에 매달리고 말지, 왜 수많은 예수쟁이들까지 줄줄이 그의 못 박히고 피 맺힌 팔다리에 매달리게 하는가. 그래서 그의 몸을 갈기갈기 찢어 손톱 발톱까지 나눠 갖게 하는가.

올림픽에서 우리나라가 메달을 많이 따나 보다. 밤늦도록 손자들이 텔레비전 앞에서 환호하는 소리가 들린다. 내 아들이 없는데도 축제가 있고 환호와 열광이 있는 세상과 내가 어찌 화해할 수 있을 것인가. 혼자가 될 수 있는 방법에 대해 골똘히 생각해 본다.

9월 ○○일

추석날이다. 딸애가 추석상을 잘 차렸다. 사위, 손자들까지 둘러앉아 서울식으로 차린 추석상을 받았다. 원래는 어제부터 시골 큰댁으로 갔어야 할 아이들이 나한테 마음을 쓰느라고 안 가고 있는 것이다. 딸의 시댁 어른들이 그 애들을 못 오도록 극구 말렸다니 그 인품의 너그러움과 자상함이 고마우나, 사돈댁의 동정까지 받고 있단 생각은 심히 처량하고 민망하다.

또 추석 명절날 하루만이라도 혼자 있을 수 있으려니 기대했던 게 어긋난 것도 속이 상한다. 혼자서 뭘 어째 보겠다는 요량이 있는 것도 아니면서 때때로 혼자 있고 싶어 미칠 것 같을 때가 있다. 좋은 딸들을 둔 것도 복에 겨워 저런다고 흉잡힐 만한 청승인지라 될 수 있는 대로 곁

으로 드러내진 않는다. 이런저런 부자유가 사람을 지치게
한다.

　오후에 사위하고 손자들은 친가 쪽 시골로 성묘 떠나
고 딸하고 단둘이 남는다. 슬픔과 외로움에 처했을 때, 명
절이 얼마나 힘들다는 걸 딸도 모르지는 않는지라 조심스
럽게 서울서도 오늘 모두 성묘를 가기로 돼 있다고 알려준
다. 둘째, 셋째네 그리고 장조카네 식구 모두에다 그 애의
친구들까지 간다고 했으니 버스 한 대쯤 대절해야 했을지
도 모른다고 불필요한 혼잣말까지 덧붙인다. 그런 소리까
지도 동기간들이 번족한데 명절날 그 애가 홀로 쓸쓸하게
누워 있도록 내버려둘까 봐 그렇게 청승맞은 얼굴을 하고
있느냐고 나무라는 말로 들린다.

　온몸의 살갗이 다 까진 것처럼 그저 닿는 데마다 쓰리
고 아프다. 이런 내가 스스로도 부담스러우니 자식들은 또
얼마나 짐스러울까.

　이곳 해운대 성당에 연미사를 신청했으니 미사 참예하
러 가자고 했다. 그 애가 죽고 나서 처음 가보는 성당이다.
생전 처음 많은 사람들 사이에 섞여보는 것처럼 쭈볏쭈볏

몸둘 바를 모르겠다. 아무도 나를 알아보는 사람이 없건만도 모두 나를 알아보고 손가락질을 하는 것 같다. "저 여편네가 아들 잡아먹은 여편네래" 하고.

어렸을 때, 우리 시골에선 일찍 과부가 되거나 참척을 본 팔자 사나운 여자를 가리켜 남편 잡아먹은 ×, 혹은 새끼 잡아먹은 ×이라는 심한 말로 손가락질했었다. 어린 마음에도 참 끔찍한 말버릇이라고 생각했건만 그 애를 잃고 나서 자주 그 말이 떠오르곤 한다. 그건 결코 심한 말이 아니라 생생한 실감이었다. 가슴에 꽉 가로막힌 이 무겁고도 생전 삭아 없어질 리 없는 응어리와 수치감에 그 이상 들어맞는 비유가 어디 있을까.

미사 보는 동안도 내내 자식 잡아먹은 내 모성의 독함에 대해서 생각하고 또 생각했다. 나는 아직도 그 애가 누워 있는 산에도 못 가봤다. 즈이 아버지 발치에 누워 있다니 내 발길이 여러 번 미친 산이건만, 그 애가 묻힐 때도, 묻힌 후에도 못 가봤으니 그 산은 나에게 미지의 산일 수밖에 없다. 에미가 눈 뜨고 살아 있으면서 그 애가 어떻게 묻히고 어떤 모양으로 누워 있는지 확인도 안 해봤으니 세상에 그런 못된 에미가 어디 있을까.

나는 주위의 만류와 부끄러움을 무릅쓰고 아들의 장례에 달려갔었다. 못할 노릇인 줄은 남이 말해주기 전에 이미 온몸으로 느끼고 있었다. 자식 잡아먹은 죄로 어떡하든 그 벌을 받아내지 못하면 따라 죽게 되든지 하다못해 까무러치기라도 할 줄 알았다. 정신의 고통이 어느 한계까지 차올랐을 때, 기절할 수 있는 장치가 돼 있는 몸을 가진 사람은 축복받은 사람이다. 내 몸과 마음에는 불행히도 그런 장치가 빠져 있었다. 내가 자신을 독종이라고 저주하는 까닭도 바로 거기에 있다.

나는 그때 분명히 기절하지 않았는데도 누군가 주사로 일부러 기절을 시켜 장례에서 빼돌려 버렸다. 당해야 할 고통은 아무리 못할 노릇이라도 그 자리를 피하지 않는 게 옳다. 일생 피할 수가 없게 되고 만다. 추석날이라 그런지 그 애의 산소도 떠올릴 수 없는 게 몹시 고통스러웠다.

연미사도 위로가 되지 못했다. 미사 후 딸이 나를 신부님에게 인사시키려고 했다. 나는 그분이 뭔가 위로의 말을 찾으려고 머뭇대는 걸 보자 얼른 인사도 하는 둥 마는 둥 그 자리를 피했다. 내가 나 자신에게도 남에게도 애물덩어리란 생각을 지울 수가 없다. 막연한 듯하면서도 확실한 돌파구로 다시 한번 혼자가 되는 방법을 궁리해 본다. 그렇게 수시로 눈물을 짰건만 생전 울어보지 못한 것처럼 정말로 순수하게 혼자가 됐을 때 제일 먼저 하고 싶은 것은 실컷 울어보는 거다.

미사 보고 나서 딸은 어디 좋은 데 가서 점심을 먹자고 했다. 추석날이니까 딸은 아마 살아 있는 조상을 기쁘게 해주기로 작정을 한 모양이다. 그러나 어떻게 기쁜 척해야 하나는 이 몸의 고달픈 업이다.

파라다이스 호텔 3층 화식부로 따라갔다. 경치가 좋았다. 창밖에선 파도가 부서지고 산책 나온 젊은이나 어린이들 중엔 고운 한복을 입은 이도 많이 눈에 띄었다. 오른쪽으로 바라보이는 게 동백섬이라는데 조선비치 호텔이 그 경관을 가로막고 있는 게 옥에 티였다. 그러나 그건 어디까지나 내가 앉은 자리를 본위로 한 관점이리라. 너무 좋은 식당에서 미안하지만 나는 우동 국물만 훌쩍였다.

집에 오는 동안 비가 오기 시작했다. 처음엔 자욱한 안개비더니 조금씩 빗발이 굵어지면서 밤까지 그치지 않았다. 딸은 아이들을 태우고 시골길로 차를 몰고 간 제 남편 걱정을 하는 눈치고 나는 아들의 무덤이 비에 젖을 생각을 한다.

학교 갔다 비 맞고 돌아왔을 때의 그 애 생각이 났다. 국민학교 때도 괴보호가 될까 봐 웬만한 비에는 우산을 가지고 학교까지 마중 가지 않았었다. 그 애도 으레 그러려니 기다리지 않고 비 맞는 걸 오히려 즐긴 듯 흠뻑 젖어서 씩씩하게 돌아오곤 했다. 비에 젖을수록 체온이 뜨거운 건강한 사내아이한테서는 흙과 식물과 동물을 합친 것 같은 강렬하고도 싱그러운 생명의 냄새가 풍겼었다. 그 애에게서 생명이 없어지다니. 들꽃으로라도 풀로라도 다시 한번 피어나렴.

나는 그 애에 대한 갈증을 참을 수가 없어 집에서 가져온 그 애의 사진첩을 꺼냈다. 너무 힘들어 스스로 자제해 온 일이건만 오늘은 정말 어쩔 수가 없다. 생전에 무심히 그저 잘 나왔다, 못 나왔다 정도의 평을 하며 보던 사진들이 한 장 한 장 생전의 모습 그대로 생생하게 살아나 에미의 살갗을 으스러뜨리며 에미 안으로 스민다.

친구들과 개나리꽃이 흐드러지게 핀 교정에서 찍은 사진은 그 애의 설레는 행복감은 물론, 대기 중에 충만한 봄내음, 친구들과의 악의 없는 농지거리, 벌들의 잉잉거림까지 현장에 있는 것과 다름없이 느끼게 해준다.

그 애의 졸업식 날은 왜 그렇게 추웠던지, 졸업식 때 찍은 사진에선 얼굴에 살짝 돋은 소름, 분주하게 돌아다니느라 가빠진 숨결, 빨리 맛있는 거나 먹으러 가고 싶은 왕성한 식욕, 추위와 가족들의 만족감이 자아내는 묘한 축제 분위기를 눈앞에 또렷이 보고 느낀다.

사진 중엔 며칠 전 딸애가 찾아온 것도 있다. 딸은 제 카메라의 필름을 빼다 맡긴 걸 찾아오더니 "어머" 하면서 탄성을 삼켰다. 거의가 다 요새 즈이 아이들을 찍은 거였는데 그중엔 여름방학 때 서울 와서 찍은 것도 몇 장 있었다. 그중 한 장이 아들의 독사진이었다. 날짜를 보니 그 애가 죽기 바로 며칠 전에 밤의 한강 유람선에서 찍은 거였다.

그날 그 애의 귀가가 다른 날보다 조금 일렀던지, 아무튼 나는 그 애에게 부산서 올라온 손자들한테 한강 유람선을 태워주라고 부탁을 했다. "촌스럽게 유람선은요" 하면서도 그 애는 마다하지 않았다. 차 가진 죄였다. 결국 우리는 촌스럽게도 어른들까지 따라나서서 유람선을 타고 밤바람에 더위를 식히며 오징어 다리를 씹었던가? 강변의 야경이 환상적이었다.

그때 배의 난간에 기대선 그 애의 모습은 여간 피곤해 보이지 않는다. 손자들을 즐겁게 해준답시고 주책을 떠느라 그땐 미처 보지 못한 그 애의 피곤을 카메라는 여실히 드러내 보여주고 있었다. 그게 그 애의 마지막 사진이 되었다.

그러나 내가 놀란 건, 그 애의 피곤보다도 그 크림통보다도 작은 필름통 속에 유명(幽明)*이 함께 들어 있었다는 사실이었다. 그 유람선 사진 몇 장만 빼고는 다 그 애가 죽은 후의 날짜로 돼 있었다. 인간이 만들어낸 거리의 단위나 감각으로는 도저히 헤아릴 길 없이 멀고 먼 이승과 저승이 어쩌면 그 작은 필름통 안에 그리도 친근하게 밀착돼 있었더란 말인가. 나에겐 그 필름통이 마치 한 치 앞도 못 내다보는 가련한 인간의 운명처럼 느껴졌다.

* 저승과 이승을 아울러 이르는 말

밤이 깊어가는데도 성묘 간 사위와 손자는 안 돌아온다. 나에게 걱정이 남아 있다는 게 싫지만 걱정이 된다. 베란다로 나가 본다. 13층이다. 뛰어내릴 용기가 없다는 걸 번연히 알면서도 뛰어내리기를 꿈꾼다. 베란다에 새시가 없어 더욱 발밑이 가깝게 느껴진다.

필름통 속에서나 다름없이 삶과 죽음은 도처에 분명한 잇잠*도 없이 그냥 이어져 있구나. 그러나 보이지 않는 손길이 떠다밀지 않는 한 아무도 임의로 그걸 뛰어넘지 못하고, 일단 뛰어만 넘으면 그 거리는 무한대로 멀어지고 만다.

발밑이 짜릿짜릿해져서 조금 뒤로 물러선다. 아무리 물에 빠져 죽고 싶어도 물귀신이 잡아당기지 않으면 못 빠져 죽는다는, 들은풍월이 생각난다. 자유의사로 삶과 죽음의 경계를 뛰어넘을 수 있는 이가 있다면 사람도 아니다. 초인이다. 수영만의 성화가 빗속에서 아주 잘 보인다. 촛불만 한 크기와 흔들림으로.

성묘 간 아이들이 한밤중에 돌아왔다. 할아버지 댁에서

•   잇는 부분

텔레비전으로 유도가 금메달 따는 것까지 보느라고 그렇게 늦었다고 했다. 금메달이 그렇게 좋은지 아이의 표정이 함박꽃 같다. 꽤나 악을 쓰고 응원을 했나 보다. 산에서 신나게 논 얘기를 하는 아이의 목소리가 쉬어 있다. 아이는 할머니한테 선물이라며 주머니에서 산에서 주웠다는 일밤을 주섬주섬 꺼내놓는다. 고맙다, 고마워. 나는 선물도 고맙고 아이들이 무사히 돌아온 건 더 고마웠다.

9월 ○○일

공휴일이다. 어제부터 오늘 경주로 놀러 간다고 벼르더니 아이들이 일찍 깨서 와아, 날 좋다고 떠드는 소리가 들린다. 아닌 게 아니라 수영만의 빛깔이 내가 부산 와서 관찰한 바다 빛깔 중에서 가장 투명하다. 에메랄드가 빛을 반사할 때 같다. 아이들의 올림픽 열기가 왜 바로 눈앞에서 펼쳐지는 요트 경기에 있어서는 그렇게 시들한지 모르겠다.

서울 아이들로부터 전화로 산에 갔다 온 얘기를 들었다. 떼도 잘 자랐거니와 산에 가는 길이 그리 좋더라고 했다. 서울을 벗어나서 산까지 줄창 코스모스가 어찌나 청초하고 화사하게 피었던지 꿈길 같기도 하고 천국 가는 길 같기도 하더라나. 너무 좋아서 너는 참 좋겠다고 먼저 간 동생을 부러워했단 얘기도 했다. 밝고 약간 들뜬 것 같은 목소리로 그런 소리를 하는 걸 들으니 짐짓 나를 위로하려고 저런다 싶으면서도 역시 자식하고 동기간은 다르다고 어른스럽지 못하게 고까운 생각이 들었다.

경주 가는 데 안 따라갈 수는 없을 것 같았다. 딸애가 그 일을 꾸민 거 에미에게 기분 전환을 시켜주는 게 목적인 듯했다. 벌써 며칠 전부터 아이들이 말썽을 부릴 때면 너 그따위로 말 안 들으면 이번 공일날 할머니하고 경주로 드라이브 갈 때 너만 떼놓고 갈 거라고 위협을 하곤 했었다. 나를 위주로 한 드라이브같이 말하면서도 내 의견은 한 번도 묻지 않았기 때문에 나 역시 가기 싫다고 말할 기회를 얻지 못하고 말았다. '혼자 있고 싶어, 제발 날 좀 내버려둬 줘' 소리가 목구멍까지 치미는 걸 자제하고 우쭐우쭐 좋아하는 아이들과 어울려 차에 올랐다.

청명한 가을날의 드라이브는 쾌적했고, 아이들은 또 어찌나 좋아하는지. 이곳 역시 길가의 코스모스는 색색 가지 무수한 호접(胡蝶)이 춤추듯 미묘하게 하늘대고 만산홍엽

• 호랑나빗과의 호랑나비와 제비나비 따위를 통틀어 부르는 말

(滿山紅葉)*은 꽃보다 요요(姚姚)했다**.

딸네 식구들은 마냥 행복해 보였다. 나 역시 내 새끼, 내 손자들의 행복이 보기 싫을 까닭이 없다. 내가 복받치는 분심(憤心)***으로 신을 원망하고 저주하다가도 문득 두려워지면서 기도하는 마음이 될 수 있는 것도 남은 딸자식들 내외와 손자들 때문이다.

그럼에도 불구하고 좋은 경치와 좋은 구경과 딸과 사위의 극진한 보살핌과 손자들의 즐거운 환성이 견디기 힘들었다면 딸은 섭섭하겠지.

그러나 딸아, 그건 네 잘못도 내 잘못도 아니란다. 아무리 좋은 일도 그걸 못이 박힌 가슴으로 느껴야 할 때 어떠하다는 걸 네가 알 리가 없지, 또 알아서도 안 되고, 그러나 너도 손가락에 가시 같은 게 박혀본 적은 아마 있을 것이다. 가시 박힌 손가락은 건드리지 않는 게 수잖니? 이물질이 닿기만 하면 통증이 더해지니까.

---

*   단풍으로 온 산이 붉게 물듦. 또는 온 산에 붉게 물든 나뭇잎
**   아주 어여쁘고 아리땁다.
***   억울하고 원통한 마음

에미에게 너무 잘해주려고 애쓰지 말아라. 만약 손가락 끝에 가시라도 박힌 경험이 있다면 그 손가락으로는 아무리 좋은 거라도, 설사 아기의 보드라운 뺨이라도 아픔을 통하지 않고는 결코 만져볼 수 없다는 걸 알 테지. 그런 손가락은 안 다치려고 할수록 더욱 걸치적거린다는 것도. 못 박힌 가슴도 마찬가지란다. 오오, 제발 무관심해 다오. 스스로 견딜 수 있을 때까지.

오래간만에 와보는 경주는 많이 변해 있다. 도처에서 아련한 비애와 감동을 자아내던 천년의 고도는 전형적인 관광지가 돼 있다. 천마총 관광 중 소나기가 왔다. 소나기치고는 꽤 오래 와서 아이들은 비를 긋다˙ 말고 뛰어다녀 흠빡 젖고 말았다.

경주 시내에서 식사를 하려 했으나 추석 끝이라 문 연 집이 거의 없어 한참 돌아다녔다. 사대부집이라는 한식집이 영업을 하는 걸 사위가 간신히 찾아냈다. 그러나 불고기밖에 안 된다고 해서 모두 그걸 시켰다.

• 비를 잠시 피해 그치기를 기다리다.

그 애를 잃고 나서 아직 고기를 입에 넣은 적이 없다. 소화가 안 된다는 핑계였지만, 그 애가 죽던 날 밤, 집에서 아무것도 모르고 유난히 맛있게 등심구이를 아귀아귀 먹은 생각을 하면 진저리가 쳐져서 생전 고기를 먹을 것 같지가 않다. 집에서처럼 따로 눌은밥을 좀 끓여달래서 먹었지만 누린내를 견디기가 힘들었다.

9월 ○○일

작은손자가 학교 갔다 오자마자 해운대 나가자고 졸라 다
들 같이 나갔다. 바다가 목적이 아니라 일전에 호텔에서
먹어본 샤베트가 목적인 걸 나중에야 알게 됐다. 즈이 에
미가 그런 비싼 건 이번이 마지막이라고 몇 번씩 다짐을
하고 나서 사주었다. 나는 마지막이란 소리가 듣기 싫어
얼굴을 찡그렸다.

　날씨가 좋아 사람들이 많다. 그러나 수영복을 입은 건
외국 사람들뿐이다. 북구라파 쪽 사람에겐 이 좋은 날 옷
을 잔뜩 껴입고 바다를 구경만 하는 우리나라 사람이 이상
해 보일 법도 하다. 파도와 장난을 치다가 신발을 적신 김
에 입은 채로 물에 뛰어들어 즐기는 건 역시 아이들뿐이
다. 그런 모습을 열심히 카메라에 담는 외국인을 보면서

혹시 수영복도 없는 한국 아이라고 즈이 나라에다 왜곡 보
도나 하지 않을까, 60년대식의 궁상맞은 근심을 해본다.

하늘을 지나는 구름과 햇빛의 농도에 따라 바다 빛깔은
시시각각 요변(妖變)*을 한다. 어느 땐가는 수평선 쪽이 초록
색 띠를 두른 것처럼 선명하게 바다의 남색과 경계를 이루
면서 그쪽에 떠 있는 양식장의 흰 스티로폼이 초원에 노니
는 양 떼처럼 보였다. 이 환상의 초원은 순식간에 사라졌
지만 그쪽에 초원이 있고 없음이 뭐 그리 중요한가. 이 세
상의 수많은 사물 중 다만 보였다는 것 이상의 관계를 맺
은 게 몇이나 된다고.

백사장의 사람들은 모두 즐거워 보인다. 특히 아이들
을 데리고 나와 연방 귀여운 모습을 찍어대는 젊은 부부가
보기 좋다. 지나간 시간을 가정 않기 위해서라도 딴생각을
해야겠다.

아주 초라하고 더러운 소년이 내 곁에 누워 있다. 처음
엔 눈을 감고 생각에 잠겨 있으려니 했는데 자는 것 같았
다. 백사장을 거니는 사람들 발길에 채여도 꼼짝을 안 했

---

* 요망하고 변덕스럽게 행동함. 괴이한 느낌의 변화나 사건이 일어남

다. 나는 그 소년을 열심히 관찰했다. 슬리퍼만 꿴 맨발에도 얼굴에도 땟국이 얼룩져 있다. 소년에게 몰입하기 위해 땟국을 벗긴다. 코가 우뚝하고 준수한 얼굴이 된다.

저 모습에다가 내 아들의 영혼을 불어넣을 수는 없는 것일까, 내 망령된 생각에 스스로 놀라 일어섰다. 밑도 끝도 없이, 미치는 것도 한 방법이라고 생각한다. 그러나 임의로 되는 것은 아무것도 없다.

저녁 무렵 분도수녀원의 수녀님으로부터 전화를 받았다. 이해인 수녀님으로부터 내 얘기 들었다고 하면서 찾아오고 싶다고 했다. 마침 집에 나 혼자 있을 때였다. 나는 마침내 어떤 기회가 온 것처럼 느꼈고, 그 기회를 놓쳐선 안 된다고 생각했다.

그 기회란 혼자될 수 있는 기회인 동시에 홀로 설 수 있는 기회이기도 했다. 나는 오실 것 없다고 내가 가겠다고 했다. 일방적으로 갈 날짜까지 예약을 하면서 있을 만한 방을 하나 비워달라고 부탁을 했다. 분도수녀원은 같은 부산일 뿐 아니라 수영만 쪽하곤 지척인 광안동에 있었다. 딸도 마다고는 못하리라.

10월 ○일

수녀님과 약속한 날이 되었다. 딸한테는 아직 말하지 않았다. 그러나 짐까지 다 싸놓았다. 변비약을 끊어보려고 애쓰고 있는 중이라 속이 가슴까지 차오른 느낌이지만 아침엔 처음으로 된밥을 달라고 해서 딸 보는 앞에서 여봐란듯이 반 공기가량 거뜬히 먹어치웠다. 그 애가 에미를 자기만 돌볼 수 있다고 생각하는 중요한 까닭은 바로 식사 문제였기 때문이다. 이제 무엇이든지 먹을 수 있다는 것을 보여주고 나서 오늘 수녀원에 들어가겠노라고 단호하게 말했다.

그러고 나서 몰래 화장실에서 아침에 먹은 걸 다 토해내고 말았다. 생생하게 살아 있는 밥풀이 섬뜩했다. 자식의 보호를 벗어나려는 게 객쩍은 오기가 아닐까 하는 생각이 들었다. 아주 벗어나겠다는 게 아니라 벗어나면 내가 어떻게 되나 자신을 시험해 보고 싶은 생각 또한 걷잡을 수가 없다. 뭔가 내 정신이 아니다.

딸애는 그동안 그렇게 지성껏 봉양을 했건만 뭐가 부족해서 저러나 싶은 얼굴로 쳐다봤지만 나는 그 애에게 딴소리할 틈을 주지 않았다. 어디서 뭔가 강력한 힘이 끌어당기는 것처럼 도무지 지접(止接)°을 못하는 에미를 딸은 딱한 듯, 슬픈 듯 바라보더니 말없이 짐을 들고 따라나섰다. "모셔다나 드릴게요." 딸의 지친 듯한 목소리를 듣고 나는 문득 나를 그 애의 에미가 아니라 자식처럼 느꼈다. 자식 중에서도 에미 속이나 썩이는 못된 자식처럼. 어리광이라도 부리고 싶은 마음과 '아직은 안 돼'라는 오기가 속에서 싸움질하듯 보깼다. 늙은이의 어리광이야 망령밖에 더 되나.

딸네서 분도수녀원까지는 차로 10분가량밖에 안 걸렸다. 초면의 마리로사 수녀님은 야생의 과실 같은 인상이었다. 수녀복 속에서도 사람이 저렇게 싱싱하고 활기찰 수

• 잠시 몸을 의지해 맡기고 거주함. 몸을 붙이고 의지함

있다니, 나는 신기하다 못해 조금은 질려서 바쁘고 거침없이 행동하는 수녀님을 물끄러미 바라보았다.

마침 수녀원에 행사가 있는 날이었다. 몸이 자유롭지 못한 노인들을 모셔다가 대접한 후 막 떠나보내려는 시간인 듯했다. 마당에 대기하고 있는 버스까지 모셔다가 부축해서 태워드리기도 하고 작별을 아쉬워하기도 하는 여러 수녀님들 중에도 그 수녀님은 유난히 민첩하고 발랄해 보였다. 나이도 짐작할 수가 없었다.

모든 것이 내가 기대하고 상상하던 것과 판이했다. 나는 긴긴 회랑(廻廊)˙이나 연도(羨道)˙˙의 끝처럼 어둑시근하고 적막한, 속세와 절연(絶緣)˙˙˙된 고장에서 오로지 나만을 기다리고 있을, 손이 마더 테레사를 닮은 수녀님을 상상했었다. 얼굴은 그닥 중요하지 않았다. 나에겐 잡아줄 손이 필요했다. 죽는 날까지 이 고통에서 벗어날 수 없으리라는 건 각오하고 있었다. 그러나 이 원통(寃痛)함에서만은 놓여나고 싶었다.

- ˙ 사원 또는 궁전 등의 건축물에서 주요 부분을 둘러싼, 지붕이 있는 긴 복도
- ˙˙ 고대의 무덤 입구에서 시체를 안치한 방까지 이르는 길
- ˙˙˙ 인연이나 관계를 완전히 끊음

손님들을 배웅하고 난 수녀님이 우리를 언덕방으로 안내해 주었다. 수녀원을 방문하는 수녀님들의 가족이나 일반 내방객들을 접대도 하고 묵어가게도 하는 곳인 듯했다. 2인용 침실이 두 개, 여럿이 잘 수 있는 방이 한 개, 독립된 두 개의 응접실, 차를 끓여 마시거나 물을 데워 쓸 수 있는 주방, 화장실, 응접실을 겸한 넓은 복도, 수부(受付)* 등으로 되어 있었다.

속된 말로 방방 뜬다는 표현이 그대로 들어맞는 걸음걸이로 우리를 안내해 준 마리로사 수녀님과 언덕방에서 정식으로 인사를 했다. 수녀님은 나하고보다 딸하고 더 많이 얘기를 했다. 나를 위로하는 말도 별로 안 했고, 안 됐다는 표정을 지어 보이지도 않았다. 수녀님의 음성은 명랑하고 리드미컬했다. 음악을 듣는 것 같았다.

이상도 해라. 수녀님이 그렇게 말할 수 있다는 것도 이상했고, 내가 여기 무작정 이끌린 것도 이상했다. 여기 오기 위해 나는 며칠 동안 거의 음모를 꾸미듯이 몰래 계획을 짜고 가슴을 조이고 했었다.

* 신청이나 신고를 받는다는 의미의 '접수'의 이전 말. 여기에서는 입구의 사무실을 칭함

내가 앞으로 있을 방에 짐을 풀었다. 딸하고 단둘이 되자 딸이 말했다. "마리로사 수녀님을 뵈니까 엄마를 여기 떼어놓고 가도 될 것 같아. 계시고 싶은 만큼 계시다 오세요. 매일 한 번씩 뵈러 올게요." 나는 그럴 거 없다고 극구 말리면서 어서 가라고 재촉했다.

이곳의 분위기는 내가 상상한 것하고는 너무도 달랐지만 딸이 마리로사 수녀님을 대번에 믿음직스러워한 것은 뜻밖의 성과였다. 언덕방 침실은 전망이 좋고 청결하고 검소했다. 불편한 것도 불필요한 군더더기도 없었다.

딸은 책상 서랍까지 열어보고 봉투, 우표, 편지지 등을 일일이 확인했다. 딸은 특히 달력 종이를 오려서 만든 메모지를 보고 감탄을 했다. 그러나 떠나갈 땐 주제넘게도 어린 자식을 험한 고장에 떼어놓고 가는 에미 같은 얼굴을 하더니, 기어코 눈물을 보였다.

그 애가 떠나고 나서 잠깐 혼자가 되었다. 나는 비로소 내가 어떤 고비를 맞고 있다는 걸 실감했다. 내가 스스로 선택한 고비였지만 두려웠다. 창밖으로 수녀님들이 왔다 갔다 하는 모습이 보였다. 다들 바빠 보였다. 멀리 밭에서 일하는 수녀님도 바라보였다. 복장과 머릿수건이 조금씩 달랐다. 하는 일에 따라 옷을 다르게 입는 건지 이 안에도 계급이 있는지 알 수 없었다.

마리로사 수녀님만 특별히 명랑하고 발랄한 게 아니었다. 다들 그늘이라곤 없이 빛나는 얼굴을 하고 있었다. 눈부시게 아름다운 수녀님도 있었다. 이상도 하지, 저 젊음과 저 미모로 무얼 못해서 하필 수녀가 되었을까. 나는 누가 부른 것처럼 이곳에 이끌렸고, 지금 여기 당도해 있건만 왜 이런 곳이 있어야 하는지, 어떻게 세속의 한가운데 이런 곳이 있을 수가 있는지 그저 이상하기만 했다.

곧 마리로사 수녀님이 와주었다. 바쁜 틈을 내서 와준 것 같았다. 늘 바쁘고 자기 일로 인하여 충분히 충만된 사람 특유의 가쁜 숨을 쉬고 있었다. 뒷산으로 산책을 가자고 했다. 고마웠지만 이 수녀님이 나에게 계속해서 이렇게 관심을 가져주면 어쩌나 걱정이 되기도 했다. 이 안에서만은 완벽하게 혼자이고 싶었다. 누구에게 짐이 되기는 더군다나 싫었다. 그래도 안 가겠다고는 못 하고 따라나섰다.

수녀원에 속한 뒷산은 가꾼 티 안 나게 잘 가꿔져 있었다. 명상의 길이라는 산책로는 십사처(十四處)'를 소박하게 조각한 돌이 적당한 거리를 두고 안배되어 있었으나 예수의 열네 자리의 고난은 행인을 압도하지 않고 적당히 숨어 있어서 편한 마음으로 산책을 할 수가 있었다.

명상의 길에서 조금만 빗나가면 바다가 보이는 근사한 자리가 있다는 것도 수녀님은 가르쳐주었다. 낡은 벤치까지 놓여 있는 그 자리에서 바라다본 바다는 정말 기가 막혔다. 딸네 집 베란다에서 매일매일 색칠할 물감을 고르듯이 감각적인 시선으로 바라다본 바다하곤 영 딴 바다였다.

내가 발을 딛고 선 입지적 조건 때문이었을까, 뭔가 영적이었다. 유난히 잔잔하여 꼭 호수 같으면서도 한없이 너그러워 보였다. 나는 한 번도 본 적이 없는 갈릴래아 바다를 연상했다. 괜히 한숨이 나왔다.

다시 오솔길로 앞장선 수녀님은 느릿느릿 걸으면서 이야기를 시작했다. 나는 이제부터 수녀님이 정식으로 나에게 조의를 표하고, 하느님이 내 아들을 데려간 까닭을 설명하여 하늘나라에서 만날 수 있다고 보증을 서줄 줄 알았

• 예수의 고난과 죽음의 십자 행로 열네 자리

다. 천주교도건 개신교도건 예수를 믿는 사람이 즐겨 쓰는 이런 판에 박은 위로의 말을 또 들을 생각을 하니 여기 들어온 게 슬그머니 후회가 되었다.

특히 하느님께서는 의인을 먼저 데려가신다는, 예수쟁이들의 상투적인 위로는 딱 질색이었다. 내 아들은 물론 의인도 아니었지만, 만약 그런 소리를 조금이라도 믿어야 한다면 세상의 어느 에미가 자식에게 정의나 도덕을 가르칠 수가 있단 말인가. 하기야 그런 말 잘하는 사람일수록 돌아서선 저 여편네는 무슨 죄를 얼마나 많이 지었길래 외아들을 앞세웠을까 하고 에미의 죄를 묻기에 급급하리라.

참척의 쓰라림으로 내 마음은 비뚤어질 대로 비뚤어져 있었다. 그러나 수녀님은 딴소리만 했다. 어떻게 해서 화제가 거기 이르렀는지는 모르지만 수녀님은 아주 열렬하게 감동적인 어조로 교황 요한 23세 얘기를 했다. 명색이 가톨릭 신자지만 가톨릭의 역사에 무지한 나로서는 처음 들어보는 교황님이었다.

하긴 내가 안다고 감히 말할 수 있는 교황은 현 교황님밖에 없었다. 한국 성인 성녀 시성식 때 내한하신 교황님은 특히 손이 인상적이었다. 천상의 손처럼 아름답고 손놀림의 유연함과 거룩함은 환상적이었다. 고작 그 정도가 현재의 교황님에 대해 안다고 할 수 있는 것의 전부였지만, 또한 은연중 내 속에서 관념화된 교황님의 최소한의 자격요건이기도 했다.

그러나 수녀님은 전혀 파격적인 교황님 얘기를 하고 있었다. 요한 23세는 키가 작고 얼굴이 잘생기지 않았고, 소박하고 털털하기가 평범한 농사꾼과 다르지 않았다. 재위기간도 5년도 채 안 되는 짧은 동안이었지만 그동안에 교황은 역대 어떤 교황보다도 위대한 일을 했다. 그건 제2차 바티칸공의회를 열어 가톨릭 교계뿐 아니라 전 세계에 위대한 새바람을 일으킬 만한 대회칙을 선포한 일이라는 요지의 얘기를 수녀님은 일화 중심으로 어찌나 재미있게 하는지 나도 모르게 빨려 들고 말았다.

수녀님이 요한 23세를 얼마나 경애하고 있는지는 수녀님의 표정만 봐도 알 수가 있었다. 가뜩이나 혈색 좋은 얼굴이 소녀처럼 상기하고 눈이 빛났다. 좋아하는 사람 얘기를 할 적에 말이 유창하고 재미있어진다는 것은 수녀님도 속인과 다르지 않다. 수녀님은 굉장한 이야기꾼이었다.

그냥 재미있으라고 요한 23세 얘기를 꺼낸 게 아니라 제2차 바티칸공의회가 한국의 가톨릭교회에 끼친 영향에 대해 얘기하고 싶은 거였다. 수도원 하면 우선 속세와 단절된 신성한 분위기와 엄한 규칙만 생각하고 있을 나의 속된 고정관념을 깨고 싶은 거였다. 그리하여 수도의 목적이 인간적인 고뇌나 불행으로부터의 초월이 아니라 얼싸안음이라는 것을, 자기 혼자만의 평화가 아니라 지상의 평화라는 것을 말해줌으로써 나를 안심시키려는 것이었다.

수녀님은 어린애한테 위인전 얘기를 해주듯이 재미있고 신바람 나게 요한 23세 얘기를 다 해주고 나서 비로소 나더러 이곳에 잘 왔다고, 마음 편히 지내길 바란다는 뜻의 인사말을 했다. 연민이 섞이지 않은 담담한 말투여서 고마운 한편 조금은 서러웠다. 그동안 나는 싫어하는 것처럼 굴면서도 실은 얼마나 남이 나를 불쌍히 여기면서 비위 맞추고 위해주는 데 길들여졌던가.

오솔길이 인도하는 대로만 따라가면 수녀님들의 묘지가 나왔다. 북한 연변 등지에서 돌아가신 수녀님들을 위한 위령비도 있었지만 무덤이 여남은 기(基)밖에 안 되는 묘지는 여염집 정원처럼 아담하고 아늑했다.

나는 비명 중에서 낳고 죽은 날만 하나하나 읽으면서 재빠르게 수명을 계산했다. 거의 천수를 다했다 싶은데 딱 한 분 30대에 돌아간 분이 있었다. 수녀님이 오지˙항아리에 준비된 성수를 묘지에다 뿌리면서 잠깐 기도를 했다. 나도 덩달아 성수를 뿌렸지만 젊은 죽음 위에만 뿌렸다. 그의 유족이 된 듯 애절한 슬픔이 복받쳤다. 속으로 이곳에 머무는 동안은 이 젊은 무덤만을 사랑하고 마음을 붙이리라 다짐했다. 잔뜩 꼬인 마음 때문인지 무슨 앙심처럼 걷잡을 수 없이 편애(偏愛)의 욕구가 치밀었다.

이래저래 심신이 고단했지만 당분간 여기 식구가 돼보기로 마음먹은 게 누가 시켜서가 아니라 순전한 자유의사인 바에야 여기 법도를 따르는 게 마땅할 듯싶었다. 저녁식사 전에 올리는 저녁기도에 참석하고 나서 이곳에서의 처음 저녁상을 받았다. 마리로사 수녀님이 겸상을 해주어 혼자 먹진 않았지만 손님은 수녀님들과 따로 식사를 하도

˙ 붉은 진흙으로 만들어 볕에 말리거나 구운 다음, 윤기가 나게 하는 오짓물을 입혀 다시 구운 그릇

록 되어 있었다.

시중드는 수녀님은 친정어머니처럼 인자한 눈길을 하고 있었다. 반찬도 검약한 중류 가정 정도는 되었고 기명(器皿)˙이 깔끔하여 수녀님들도 먹는 즐거움을 아주 외면하고 살고 있는 건 아니구나 싶어 마음이 놓였다. 그러나 유동식만 억지로 먹던 끝이라 밥이 잘 넘어가지 않았다. 수녀님들한테 걱정만 끼쳤다.

언덕방으로 돌아왔더니 수부에서 일보는 수녀님이 차랑 과자랑 방까지 갖다 주면서 권했다. 쉬어도 된다고 했지만 밤기도까지 참석하고 돌아왔더니 마리로사 수녀님이 따라와 읽을거리도 갖다 주고 얘기도 좀 하다가 문단속하는 법을 가르쳐주고 돌아갔다.

손님이 나 혼자라 그 넓은 언덕방 건물에 나 홀로 남게 되었다. 현관 옆에 있는 화장실까지의 거리가 아득한 큰 건물이었다. 외부로 난 현관 열쇠는 내 손 안에 있었지만 수녀님들의 숙소로 통하는 보도 쪽 문은 저쪽으로부터 잠

• 살림살이에 쓰는 그릇

겨 있었다.

이제야말로 혼자가 된 것이다. 나는 그동안 왜 그렇게 혼자 있고 싶어했는지 생각도 안 나고 이해도 안 되어 우두망찰을 했다. 그리고 누가 떠다민 것처럼 비실비실 방구석으로 가서 찰싹 붙어 섰다. 인기척 없는 언덕방의 공기가 사방에서 화살처럼 내 몸에 꽂혀오는 것 같았다. 누가 시킨 일이 아니잖아. 자업자득이야. 이렇게 자신을 윽박질러보았지만 완벽한 고립감은 고약했다.

워낙 정신적이지 못한 나는 고립감도 감각적이었다. 무서움증만 해도 상상의 소산이니 정신적이라 하겠다. 나는 하나도 무섭지 않았고 다만 등더리에 누가 자꾸자꾸 눈덩이를 한 움큼씩 집어넣는 것처럼 차가운 전율이 간단(間斷) 없이* 지나갔다.

마침 침대 머리 높은 곳에 걸린 십자가가 눈에 들어왔다. 성당이나 가톨릭 신자 집에서 흔히 볼 수 있는 십자고상이 아니라 그냥 십자가였다. 수난당하는 예수님의 모습은 물론 대패질도 니스칠도 생략한 채 목공소에서 주운 것

---

* 계속하거나 이어져 있던 것이 끊이지 않다.

같은 나무막대기 두 조각으로 만들어놓은 십자 모양엔 나무껍질도 남아 있고 옹이 자국도 남아 있었다. 그 간결 소박한 십자가가 벼락치듯 나에게 거기 온 까닭을 일깨워 주었다.

그래, 나는 주님과 한번 맞붙어 보려고 이곳에 이끌렸고, 혼자돼 보기를 갈망했던 것이다. 주님, 당신은 과연 계신지, 계시다면 내 아들은 왜 죽어야 했는지, 내가 이렇게까지 고통받아야 하는 건 도대체 무슨 영문인지, 더도 말고 덜도 말고 한 말씀만 해보라고 애걸하리라. 애걸해서 안 되면 따지고 덤비고 쥐어뜯고 사생결단을 하리라.

나는 방바닥으로 무너져 내렸고 몸부림을 쳤다. 방 안을 헤매며 데굴데굴 굴렀다. 나는 마침내 하나의 작은 돌멩이가 되었다. 돌멩이처럼 보잘것없었고, 돌멩이처럼 무감각해졌다. 그리고 돌멩이가 말랑말랑해지려고 기를 쓰듯이 한 말씀을 얻어내려고 기를 썼다. 돌멩이가 말랑말랑해질 리 없듯이 한 말씀은 새벽 미사를 알리는 종소리가 울릴 때까지도 들려오지 않았다. 처절한 밤이었다.

내리 사흘 밤을 그렇게 보냈다. 그러나 신의 한 말씀은 들려오지 않았다. 나는 비록 이 세상 소리를 듣는 데는 귀 밝으나, 영적인 소리를 듣는 데는 절벽이나 다름없는 귀머거리였다. 그래도 날이 새면 수녀님들의 일과를 따라 새벽 미사부터 낮 저녁 밤 기도 시간을 지키고 나머지 시간은 산책도 하고, 방에서 울거나, 깜빡깜빡 낮잠도 자면서 아무의 간섭도 안 받고 자유롭게 지낼 수가 있어서 좋았다.

특히 명상의 길을 따라 걷는 아침 산책은 뜬눈으로 몸부림치고 난 후의 지치고 암울한 정신에 찬물을 끼얹듯이 상쾌한 자극이 되었다. 산책길의 나무와 풀과 공기가 하루하루 조금씩 가을빛을 더해가는 것도 바다 빛깔의 변덕보다는 위안이 되었다.

녹슨 빛깔로 물들어 가는 갈잎나무들 사이에서 옻나무는 어떤 꽃도 흉내 못 낼 선연한 붉은빛을 자랑하는가 하면, 서울 같으면 겨울엔 실내에서나 자랄 팔손이나무가 야성인 채로 크게 자라 양산만 한 이파리를 청청하게 너울대는 그늘에서 마타리꽃이 샛노랗게 고개를 내밀고 있었다.

공기는 또 어찌나 청량한지 체내에 침체했던 피돌기가 화들짝 깨어나는 걸 느낄 정도였다. 그리고 밝아오는 아침 햇살. 이 모든 것들은 너무도 생생하여 절망과 비통에 몰입했던 나에게는 오히려 비현실적이었다. 그렇다고 어젯밤의 내 꼴에 실감이 나는 것도 아니었다. 막다른 골목에 이르른 정신이 육체와 경험을 벗어나 붕 뜨는 느낌이었다.

산책길엔 다리도 있었다. 그러나 다리 밑 계곡엔 물이 흐르고 있지 않았다. 깊지 않은 계곡이지만 여름엔 필시 물이 흘렀으려니 싶은 질펀한 곳에 지금은 보랏빛 잔다란 꽃이 쫙 깔려 있었다. 종같이 생긴 잔 꽃이 모여 원추형의 꽃 한 송이를 이루고 있는 그 꽃의 이름을 알 수는 없었지만 서울의 꽃집에선 돈 받고 파는 매우 우아하고 세련된

꽃이었다. 무리 지어 지천으로 깔려 있는 걸 보면 혼자 보기 아까워 저절로 탄성이 나왔다.

계곡으로 내려가긴 어렵지 않았다. 나는 그 꽃을 따서 두 개의 꽃다발을 만들었다. 다리를 지나 조금만 더 가면 수녀님 묘지가 나왔다. 꽃다발 하나는 젊어서 죽은 수녀님 묘 앞에 바치고 나머지 한 개는 언덕방 책상 위 내 아들의 사진틀 앞에 바칠 거였다. 성수도 젊은 죽음한테만 뿌리고 기도도 거기다만 바쳤다. 젊은 죽음에 대한 이런 편애야말로 내 산책길의 하이라이트였다.

나는 그 산책길을 '시인의 길'이라고 이름 붙였다. '명상의 길'이라는 원이름이 있었지만 나는 그리스도의 고난 같은 건 명상하고 싶지 않았다. 내 고난도 벅찼다. 행복에 겨운 자들이나 실컷 명상을 하든지 감동을 할 일이라고 생각했다. 시인의 길이라고 생각한 건 이해인 수녀 때문이었다. 지금 그 수녀님은 여기 없지만 여기가 본원이니 이 길을 무수히 산책했으리라. 신과 자연을 그지없이 원만하고 행복스럽게 일치시킨 수녀님의 시 세계와 이곳의 자연과의 불가분의 관계를 생각하며 나는 그 길에 깊은 친화감을 느꼈다.

산책길을 돌아 내려오다 보면 수녀님들의 빨래터가 보였다. 수녀원 건물에 가려진 뒷마당이어서 방문객들에겐 잘 안 보이는 곳이지만 꽤 넓었다. 검소하나 정결한 옷차림을 유지하려면 빨래도 보통 일이 아니다 싶었다. 평행선으로 맨 빨래걸이엔 늘 많은 빨래가 널려 있었고 앳된 수녀님들이 빨래를 하고 너는 것을 볼 수가 있었다. 빨래터뿐 아니라 밭에서 일하는 수녀님, 이른 아침에 병원이나 유치원, 학교 등으로 출근하는 수녀님, 수녀원 내에 있는 유치원, 무의탁 노인들을 돌보는 '어버이의 집'에서 일하는 수녀님 등 모든 수녀님들이 하루 벌어 하루 먹는 일용노동자처럼 한시 반시 쉬지 않고 바쁘게 움직이고 있었다.

일용노동자와 다른 점이 있다면 그 이상하리만치 꾸밈없는 명랑함이었다. 세상에, 참 이상도 하지. 나는 여기 들어온 후 하루에도 몇 번씩 그 소리를 속으로 뇌까렸는지 모른다. 한창 예쁜 옷과 재미난 일을 탐하고 이성에 이끌리고 행복한 가정을 꿈꿀 나이였다. 좀 특별한 능력이나 야망이 있다고 해도 이 세상이 정해놓은 성공의 기준 안에서 노력을 하든지 팔짝팔짝 뛰는 걸 정상으로 보는 게 내 상식의 한계였다.

어제는 어린이들이 귀가한 후 텅 빈 교실을 유리창 너머로 들여다보다가 발길 닿는 대로 걷는다는 게 '어버이의 집' 안을 엿보게 되었다. 깨끗하고 정정해 보이는 노인들이 서너 명 모여 앉아 부침질로 간식을 들고 있는 방도 있었고, 미닫이문이 닫힌 방도 있었고, 반쯤 열린 문으로 자리보전하고 누워 있는 노인이 보이는 방도 있었다.

부엌에선 수녀님 둘이서 부침질을 하고 있는데 닫힌 방이 열리면서 복스럽게 생긴 젊은 수녀님이 변기를 들고 나왔다. 방금 받아낸 것 같은 질펀한 다량의 똥오줌이었다. 세상에, 이상도 하지. 저 나이에 어떻게 저런 얼굴로 남의 똥을 칠 수 있을까. 꼭 꽃병이라도 들고 나오는 얼굴을 하고 있었다. 한 버림받은 노인으로 하여금 이 집에서 한 송이 꽃을 피우듯이 똥을 쌀 수 있는 황홀한 말년을 누리도록 저 수녀님은 여기 있는가?

나는 괜히 무안해서 얼른 그 자리를 피했었다. 나는 왜 여기 있는가? 불과 두 달 전까지만 해도 내가 이런 곳에 있을 줄을 어찌 상상이나 했겠는가. 세상에 이런 곳이 있다는 것조차 알려 하지 않았다. 그러나 분명히 나는 지금 여기 있다. 왜? 누가 부른 것처럼 여기 이끌렸기 때문이고 나에게 여기가 필요했기 때문이다.

나는 처음으로 부르심의 힘에 대해서 생각했다. 여기 수녀님들도 부르심에 순종하여 여기 모여 사는 게 아닐까 하고. 왜 부르셨을까. 세상 만물 중 하나도 필요하지 않은 건 만드시지 않은 분이 아닌가. 이런 곳이 필요한 사람들이 있으니까 이런 곳을 만드실 수밖에 없지 않았을까. 이런 곳이 필요한 데 있어서, 나와 지금 방 안에서 똥을 싸지르는 노인과 무엇이 다른가.

여기 이렇게 의탁해 있으면서도 여기가 전혀 딴 세상처럼 보이는 것은 여기에는 내가 여직껏 생각해 본 적이 없는 전혀 새로운 사랑의 방법이 있기 때문이다. 나는 핏줄로 연결된 부모 형제나 친족간의 사랑, 본능적이면서도 신비한 이성 간의 사랑, 오랜 상호 이해와 노력 끝에 도달한 우정 외의, 인간끼리는 마땅히 서로 사랑하고 도와야 한다는 박애 정신을 믿지 않았다. 그건 인류의 이상일 뿐 실행은 불가능한 일이라고 생각했다. 그걸 실행하고 있다고 말하는 사람처럼 아니꼬운 위선자도 없었다. 그러나 이 세상엔 가족애로부터 버림받고 친구로부터 소외된 사람도 수없이 많은 걸 어찌하랴. 박애에 의탁할 수밖에 없는 사람이 있으므로 가족을 떠나 보다 넓은 사랑을 실천하려는 사람을 따로 부르실 수밖에 없지 않았을까.

나는 느릿느릿 그리고 골고루 수녀원의 이곳저곳을 싸질러 다니면서 보이지 않는 분의 부르심이랄까 안배(按排)˙의 신비에 대해 곰곰이 생각하고 또 생각했다.

산책의 마지막 쉼터는 유치원 마당이 된다. 마당에는 아이들 놀이기구들이 많다. 내 엉덩이에는 빠듯한 그네도 타고 말도 타면서 마당에서 노는 아이들을 바라본다. 아이들은 마당에서 놀기도 하고 교실에서 노래를 부르기도 한다. 아이들을 보고 있으면 손자 생각이 난다. 이미 태어난 손자는 물론 태어나지 않은 손자까지.

놀이기구 중 미끄럼틀이 제일 재미있게 생겼다. 코끼리처럼 생겼는데 꼬리 부분으로 올라가서 코로 내려오게 돼 있다. 코를 땅에 대고 있는 코끼리는 실물 크기에 가깝다. 다 타봤지만 그것만은 안 타봤다. 그 앞에서 손자들하고 사진을 찍으면 재미있는 사진이 될 거라고 생각했다. 그러

˙   알맞게 잘 배치하거나 처리함

고 나서 작은 일이지만 미래를 설계한 자신에게 깜짝 놀라고 말았다. 나는 살고 싶은가? 불안했다.

방으로 돌아와 산에서 만든 꽃다발을 물컵에 꽂아 아들의 사진 앞에 바쳤다. 접을 수 있는 사진틀이어서 사진이 두 장 꽂혀 있는데 둘 다 강가에서 찍은 사진이다. 하나는 강을 배경으로 하고 있고, 하나는 강을 굽어보고 있어서 뒷모습에 가깝다. 아들의 사진 중 그닥 잘된 사진은 아니나 나는 그 사진들이 좋다. 흐르는 강을 보고 무엇을 생각했을까. 아들의 생각과 내 생각과 닿는 느낌 때문이다.

사진을 보고 또 보면서 그 애가 없는 세상에 살고 싶지 않다는 것을 확인했다. 비로소 안심이 되었다.

10월 ○일

어젯밤엔 여기 온 후 처음으로 깜박 잠을 잘 수가 있었다. 깜박 잤다고 하지만 새벽 미사를 알리는 종소리에 깨어났으니 몇 시간은 잔 셈이었다. 그동안 아들을 꿈에 보았다. 생각하는 대로 꿈을 꿀 수 있는 거라면 매일 아들 꿈을 꾸련만 그 애를 꿈에라도 본 것은 처음이었다. 그 애를 왜 데려갔는지 한 말씀만 하시라고 처절하게 기도하고 몸부림친 끝에 꾼 꿈이었다. 뭔가 내 인식의 한계를 초월한 신의 계시 같은 게 있어 마땅했다.

꿈에 나는 둘째 딸과 함께 서울역으로 친정 숙모를 배웅 나갔다. 2년 전에 돌아가신 숙모였다. 숙모는 아주 무겁고 큰 네모난 짐과 올망졸망한 작은 보따리들을 가지고 있

었다. 거기까지 그것들을 어떻게 가져왔는지 분명치 않았
지만 숙모는 그중 큰 짐을 머리에 여달라고 했다. 그러나
내 힘으로는 들 수가 없었다. 뭐가 들었는지 요지부동이었
다. 나는 딸에게 입장권을 사오라고 시켰다. 여럿이 같이
들어다 드려야 할 것 같았다. 역구내는 아무도 없이 괴괴
했다.

입장권을 사러 어디론지 사라진 딸이 돌아오기도 전에
숙모는 기차 시간이 다 됐다고 조바심을 치더니 별안간 그
무거운 짐을 혼자 힘으로 거뜬히 이고 개찰구를 횡하니 빠
져나가는 것이었다. 나는 조금만 더 기다리시라고 뒤에서
부르면서 숙모 뒤를 따라 달음질을 쳤다. 그때였다. 어디
서 나타났는지 아들이 내 치마꼬리를 선뜻한 느낌으로 스
치면서 앞지르는 게 아닌가. 여남은 살 적의 아들이었다.
볼이 붉은 동안에 그때 내가 떠준 곤색 스웨터를 입고 있
었다.

아들은 쏜살같이 앞의 숙모까지 앞질러 층층다리를 내
려가고 있었다. 나는 이미 숙모가 문제가 아니었다. 아니,
쟤가, 저 녀석이 무슨 짓이야. 나는 애타게 아들의 이름을
부르면서 허위적거렸다. 아들은 명랑하고 장난스러운 얼

굴로 흘금흘금 뒤를 돌아다볼 뿐 달음질을 멈추지 않았다. 충충다리 밑에는 기차가 기다리고 있었다. 아들이 냉큼 기차를 타는 게 보였다. 아니 저 녀석이, 나는 아들의 장난기에 화도 나고, 뭐라고 말할 수 없이 불안해서 목메어 아들의 이름을 부르면서 허둥지둥 뛰었다. 그러나 숙모도 앞지르지 못하고 숙모가 먼저 기차 꽁무니에 올라타는 게 보였다.

드디어 나도 기차 옆까지 갔으나 올라타지는 않고 밖에서 아들을 불러 내리려고만 했다. 기차는 칸마다 안에 환하게 불을 켜고 있어서 타고 있는 사람들이 밝게 비쳐 보였다. 아들은 나를 놀리는 것처럼 기차 칸에서도 가만히 머물러 있지 않고 연방 나에게 장난스러운 미소를 보내면서 앞 칸으로 앞 칸으로 달려가고 있었다. 나는 밖에서 어서 내리라고 손짓하면서 그 애를 따라 그 애와 평행선으로 앞으로 앞으로 달렸다. 만약 그 애가 내리기 전에 기차가 움직이면 그때 얼른 올라타도 늦지 않다는 속셈이었다.

아무튼 그 애를 거기서 놓쳐서는 안 된다는 생각은 꿈속에서도 매우 절박했다. 그러나 웬걸, 기차는 서서히 움직이기 시작한 게 아니라, 어느 순간 로켓처럼 사라져 버렸다. 허망하고 기가 막혔다. 기차가 빠져나가고 난 후의 플랫폼은 원통형의 기나긴 동굴처럼 어둑시근하고 나 홀로였다.

그 애가 걱정이 되고, 진작 기차에 올라타지 못한 게 미칠 듯 후회스러웠다. 무엇보다도 적막과 고독감이 뼈에 스몄다. 자아, 이제부터 어떡한다지? 그 애를 붙잡기 위해서 다음 기차를 기다렸다 타는 수밖에 없다고 생각했다. 그렇지만 다음 기차를 타고 가면 그 애를 만날 수 있을까? 회의와 불안이 엇갈렸지만, 그 수밖에 없는데 다음 기차를 안 기다리고 어쩔거나. 그러다가 다음 기차가 오기도 전에 깨어나고 만 것이다.

그러나 꿈속의 플랫폼에 회의와 불안에 떨며 서 있는 내 모습은 현실의 나 자신 그대로일 뿐 거기엔 아무런 신의 계시도 들어 있지 않았다. 며칠 밤 한잠도 안 자고 신에게 사생결단 대들기도 하고 애걸복걸 사정도 해서 얻어낸 꿈이 고작 내 이성의 인식의 한계를 못 벗어난 데 대해 나는 심한 배신감을 느꼈다. 역시 당신은 안 계셨군요. 그를 부정하는 것만이 내가 할 수 있는 앙갚음의 한 방법이었다.

낮엔 마리로사 수녀님이 방까지 찾아와서 바닷가로 산책을 나가자고 했다. 가까운 광안동 바닷가는 가을 해수욕장답게 한산하고 쓸쓸했다. 수녀님하고 나란히 앉자 눈물이 걷잡을 수 없이 복받쳤다. 위로받고 싶었다. 요한 23세 얘기를 들려줄 때처럼 명랑하고 자신 있는 목소리로 그가 체험한 하느님 얘기를 해주길 바랐다. 수녀님을 통한 간접 체험이라도 좋으니 신으로부터 계시받은 영적 체험이 목말랐다.

내 집요한 물음에 수녀님은 조심스럽게 그가 살아오면서 부딪친 개인적 혹은 가족적 어려움의 고비를 어떻게 받아들이고 어떻게 넘겼는가를 얘기해 주었지만 흡족한 것은 아니었다. 그런 건 신의 개입 없이 인간의 능력만으로도 능히 해결할 수 있는 사소한 일로밖에 안 보였다. 수녀님도 힘든 고비마다 하느님을 찾고 매달렸다고만 했지 어떤 계시나 신령한 도움을 얻어냈다고는 말하지 않았다. 하긴 수녀님이 겪었다는 어려움이 죽음의 문제가 아니었으니까.

죽음의 문제야말로 신이 개입하지 않으면 풀 수 없는 문제건만 나는 그 문제에 얼마나 아둔한가. 신을 느끼고 깨닫는 능력에도 지능지수라는 게 있다면 나는 저능도 못 되는 백치 수준이었다. 그런 주제에 어떻게 그걸 답답해할 줄은 아는지.

나는 울며불며 내 미칠 듯한 고통을 하소연하기 시작했다. 내 방에서 혼자 뒹굴며 신에게 퍼붓던 포악과 별로 다르지 않은 푸념이었다. 나는 열심히 단란한 가정을 이루며 살아왔다. 아이들을 건강하고 바르게 잘 길렀고 깊이 사랑했다. 남에게 해를 끼친 일도 없고 마음의 상처가 될 짓도 안 하려고 노력하며 살아왔다. 나는 아무리 생각해도 이런 벌을 받을 까닭이 없다. 고약하고 못된 사람도 자식을 앞세우는 벌은 좀처럼 안 받던데 이게 무슨 처사냐? 억울하고 원통하다. 요약하면 그런 얘기였다.

나는 마치 귀중품을 훔쳐 간 소매치기를 고발하듯이 열렬하게 악다구니를 치며 수녀님에게 하느님을 고발하고 있었다. 부당하게 빼앗긴 건 감쪽같이 돌려받는 것 외에 달리 위로의 여지가 있을 수 없었다. 얼마나 어처구니가 없었을까마는 수녀님은 참을성 있게 내가 제풀에 지쳐서 그 집요한 행복의 반추를 그만둘 때까지 다 들어주고 나서 말했다.

세상 만물 중 단 한 가지라도 불완전하게 만든 것이 없는 창조주가 어떻게 당신을 닮게 존엄하게 만든 인간의 문제를 불완전하게 내버려두겠는가. 불공평하다고 생각하는 것은 복잡한 삶의 방정식이 아직 풀리지 않았기 때문이다. 풀리지 않은 방정식은 불완전한 거고 반드시 해답이 있을 것이다. 방정식을 풀기 위해서라도 내세는 있지 않겠느냐는 것이 수녀님의 대답의 요지였다.

내가 극도로 감정적일 때 될 수 있는 대로 이성적인 방법으로 신을 제시해 보려는 게 역시 수녀님다웠다. 그러나 보이지 않는 분을 믿기 위해서 한 번 크게 건너뛰는 일은 내 소관이지 누가 도와줘서 될 수 있는 일이 아니었다.

저녁 식사는 뜻밖에도 여러 젊은이들과 함께 들 수가 있었다. 수녀님을 만나러 온 여성들인데 언덕방에서 묵어갈 작정이라고 했다. 혼자 자던 그 휑한 건물 안에 왁자지껄 인기척이 날 생각을 하니 기뻤고 식탁에 웃음꽃이 만발하니 또한 즐거웠다. 어른에게 예의 바를 뿐 아니라 저희들끼리 하는 대화엔 유머가 넘치면서도 경박하지 않고 깊은 심지를 느끼게 하는 것도 마음에 들었다. 그중 서울서 온 한 여학생은 알고 보니 나하고 같은 신천동 본당 교우였다. 반갑고도 세상은 참 좁단 생각이 들었다.

10월 ○일

가을이 깊다. 밤이 어찌나 길어졌는지 새벽 미사를 드리러 성당으로 올라가는 언덕길도 사람을 식별할 수 없을 정도로 어둡다. 신체의 장애가 있는 이들이 모여 사는 고리의 집 식구들은 이제 어둠 속에서도 알아볼 수 있을 만큼 낯이 익다. 아니, 낯은 정확하지 않다. 정상인과 조금씩 다른 신체적 특징 때문이다.

허리가 직각으로 휜 노인 한 분은 지팡이에 의지해 참으로 어렵게 언덕길을 오른다. 앞질러 가기도 미안하고, 보조를 맞추자니 답답하고, 부축을 하자니 그의 몸과 지팡이와의 균형 사이엔 도무지 남의 도움이 파고들 만한 허점이 느껴지지 않아 그것도 단념한다. 인사만 하고 앞지르면서 저렇게 힘들게 꼭 미사 참예를 해야 되는 것일까? 딱한 생각이 든다.

그러나 성당에서 그 노인을 유심히 관찰하면서 내 생각을 고쳐먹는다. 순하고 고운 표정 때문이다. 매일 아침 주님을 만나는 일이, 매일 아침 거울을 보는 것처럼 자신을 저렇게 곱게 가꿀 수 있는 거라면 나쁠 것도 없다고 생각했다.

잡념에 빠져 있다가 포근하고 따사로운 느낌 때문에 퍼뜩 정신이 들었다. 딸들 사위들이 주른히 내 옆에 앉아 미사를 드리고 있었다. 둘째 내외가 어젯밤에 내려와 맏이네서 자고 새벽에 미사 참예도 하고 에미도 만나러 온 것이었다. 피정의 집에 단체로 피정 온 이들이 묵고 있어 외부 사람이 뒷좌석을 가득 메운 미사여서 미처 알아보지 못한 것이었다. 내 식구란 왜 이렇게 가슴이 뭉클하면서도 아리는 것일까.

그레고리오성가를 부르는 수녀님들의 목소리는 귓전이나 감정에 남은 찌꺼기가 전혀 없이 다만 투명하다. 영혼을 울리는 영혼의 소리라고나 할까. 그레고리오성가를 듣고 있으면 내 안에 감정과 이성을 포함한 마음이라는 것과는 따로 영혼이라는 것이 있다는 것을, 그것이 미묘하게 떨고 있음을 느낀다. 성가가 현(絃)이고 영혼이 악기인 양.

미사 후엔 수녀님들이 우리 식구들이 다 먹을 수 있게 식탁을 차려주어 같이 아침을 먹었다. 그러고 나서 내가 있는 방도 보여주고 산책로도 안내했다. 이곳이 나에게 얼마나 좋은 곳이고 부족함이 없다는 것을 그 애들에게 보여주고 싶었다.

점심은 밖이에서 먹자고 해서 나도 그 애들과 함께 외출을 했다. 큰딸네를 떠난 지 며칠이나 됐다고, 견딜 수 없을 때마다 나가 앉아 수영만의 바다 빛깔을 헤아리던 베란다 쪽을 왠지 바라보기가 싫었다. 견딜 수 없는 느낌이 도질 것 같았다.

그럼 지금은 견딜 만한가? 적어도 내 몸이 곧 죽어져 이 고통을 벗어날 수 있으리라고 믿지는 않게 되었다. 따라죽을 수 있으리라는 것도 교만이요, 환상이라는 걸 받아들일 채비를 하고 있었다. 결국은 살 궁리인가? 역겹고 비참하지만 자신 속에서 조금씩 조금씩 그런 변화가 일어나고 있는 걸 어쩌랴.

점심을 먹고 나서 손자들까지 온 식구가 해운대로 나갔다. 파라다이스 호텔에서 손자들한테는 샤베트를 먹이고 우리는 커피를 마셨다. 요상하게 생기고 비싼 케이크도 먹고 싶다고 해서 막 사주었다. 서울서 온 아이들한테 사우나를 하겠느냐고 물었더니 예매한 기차 시간이 얼마 안 남았다고 했다. 오래간만에, 실로 오래간만에 내 지갑을 열고 그런 짓을 하면서도 나는 내 생활 습관이 정상으로 돌아갈 조짐 같은 걸 느꼈다. 나는 어려서부터 검약이 몸에 뱄기 때문에 오히려 가끔 가다가는 주책스러운 낭비를 해야만 직성이 풀리는 버릇이 있었다.

둘째 내외하고는 해운대에서 바로 작별을 하고, 큰딸네 식구들은 수녀원까지 다시 따라왔다. 나를 배웅한다는 게 그렇게 됐는데 손자들이 놀이터에 재미를 붙여 가려고 하지를 않았다. 코끼리 미끄럼틀을 배경으로 손자들하고 사진도 찍었다. 거기서 아이들하고 사진을 찍으면 재미있을 거라고 문득 생각한 게 바로 엊그저께였다. 아아, 작은 꿈의 이루어지기 쉬움이여.

오늘 저녁 식탁도 푸짐하고 왁자지껄했다. 언덕방에

유(留)하고˙ 있는 아가씨들 때문이었다. 내일이면 떠난다고 했다. 그들의 왕성한 식욕은 내 위장까지 자극하는 듯했다. 아무것도 모르는 그 아가씨들은 날더러 식사를 그렇게 조금 하고 어떻게 사느냐고 했지만 나는 내심 요 2, 3일 사이에 늘어난 내 먹는 양에 놀라고 있었다. 매끼 된밥을 먹고도 토하거나 부대끼지 않았다. 그 무서운 변비의 고통을 안 겪은 지도 한참 된다.

아가씨들 중 서울서 온 루시아는 한 성당 교우라 그런지 특히 하는 짓마다 곱게 보인다. 아직 고등학생이니 나이도 제일 어리고 얼굴도 제일 수수하게 생겼는데도, 나뿐 아니라 모두에게 인기가 있다.

오늘 저녁도 루시아 때문에 밥이 어디로 들어가는지도 모르게 웃고 떠들었다. 내가 억지로 꾸미지 않고 저절로 웃을 수 있다는 게 계면쩍고도 신기했다. 남이 옮기면 별로 우습지도 않은 소리를 그 애는 시침 딱 떼고 그렇게 우습게 한다. 그렇지만 개그맨적인 소질하고는 다른 훨씬 세련되고 품위 있는 유머 감각이다. 말끝에 자연스럽게 내비

치는 부모님에 대한 깊은 경애와 올림픽 등 시국과 현실을 보는 예리하고 신중한 시각이 그녀가 점잖은 가정교육을 받았음을 은연중 느끼게 해준다.

저녁 후에도 혼자 내 방에 틀어박히지 않고 그 아가씨들과 어울렸다. 아가씨들은 내일 떠난다고 했다. 아가씨들과 친구인 예비 수녀님들 몇 명이서 잠시 짬을 내어 주전부리거리를 마련해 가지고 언덕방으로 와서 큰방에 모여 텔레비전을 보며 회포를 풀었다. 나는 여기 와서 텔레비전을 처음 본다. 그동안에도 바깥 세상은 올림픽의 열광으로 날이 새고 지는 듯 들뜬 소리가 처음부터 끝까지 그 소리뿐이어서 보는 둥 마는 둥 했다.

그중 어린 수녀님이 속세의 친구에게 하는 소리가 문득 내 관심을 끌었다. 수녀원에 들어오기 전 얘기였다. 남동생이 어찌나 고약하게 구는지 집안이 편할 날이 없었다고 한다. 왜 하필 내 동생이 저래야 되나? 비관도 되고 원망스럽기도 하다가 어느 날 문득 '세상엔 속 썩이는 젊은이가 얼마든지 있다, 내 동생이라고 해서 그래서는 안 되란 법이 어디 있나?' '내가 뭐관데……'라고 생각을 고쳐먹고 그 사실을 받아들이니 한결 마음이 가벼워지고 동생과의 관계도 호전이 되더라고 했다.

'왜 내 동생이 저래야 되나?'와 '왜 내 동생이라고 저러면 안 되나?'는 간발의 차이 같지만 실은 사고(思考)의 대전환이 아닌가. 나는 신선한 놀라움으로 그 예비 수녀님을 다시 바라보았다. 내 막내딸보다도 앳돼 보이는 수녀님이었다. 저 나이에 어쩌면 그런 유연한 사고를 할 수가 있었을까? 내가 만약 '왜 하필 내 아들을 데려갔을까?'라는 집요한 질문과 원한을 '내 아들이라고 해서 데려가지 말란 법이 어디 있나'로 고쳐먹을 수만 있다면, 아아 그럴 수만 있다면. 구원의 실마리가 바로 거기 있을 것 같았다.

어려서 무서운 꿈을 꾸다가 흐느끼며 깨어난 적이 있었다. 꿈이었다는 걸 알고 안심하고 다시 잠들려면 옆에서 어머니가 부드러운 소리로 말씀하셨다. "얘야 돌아눕거라, 그래야 다시 못된 꿈을 안 꾼단다." 돌아누움, 뒤집어 생각하기, 사고의 전환, 바로 그거였어. 앞으로 노력하고 힘써야 할 지표가 생긴 기분이었다. 나는 내 속에 생긴 희미한 희망 같은 것을 보듬어 안고 그들이 헤어지기 전에 먼저 내 방으로 돌아왔다.

그러나 막상 혼자가 되고 나니 그게 아니었다. 바로 거기서 거기 같던 사고의 차이가 나로서는 절벽 끝에서 다른 절벽 끝을 향해 심연(深淵)*을 건너뛰는 거나 마찬가지였다.

* 깊은 못. 뛰어넘을 수 없는 간격을 비유하는 말

10월 ○일

루시아가 오늘 떠난다면서 나에게 예쁜 그림엽서를 주었다. 따뜻한 사연과 함께, 나에게뿐 아니라 그동안 여기서 사귄 모두와 친해지고 신세 진 수녀님들에게 드릴 그런 잘다란 걸 미리 준비한 루시아에게 새삼 자신이 부끄럽다. 명색이 어른이 그에게 줄 아무것도 없을 뿐 아니라, 이곳을 떠나는 날 역시 나눌 거라곤 통곡 보따리밖에 없을 테니 말이다.

루시아와 또 한 아가씨가 먼저 떠나자 수녀원이 텅 빈 것 같다. 그동안 젊고 건강한 아가씨들의 왕성한 식욕과 발랄한 재기 때문에 밥도 많이 먹고, 한 번도 식탁에서 눈물로 목이 메인 적도 없었는데. 인간을 피해 수녀원까지 들어왔건만 이 안에서조차 나는 보이지 않는 분으로부터는 위로받지 못한다. 그저 인간으로부터의 위로가 제일이다.

남은 아가씨들 중 대전서 왔다는 이는 오후에 떠난다면서 그동안 나더러 같이 다락방에 가보지 않겠느냐고 했다. 여기선 그 아가씨보다 내가 고참이건만 나는 거기가 뭐 하는 덴지 또 어디가 붙었는지 알지 못했다. 그러나 다락방이라니까 열두 제자들이 모여 있는데 성령이 혀의 모양으로 내려왔다는 다락방 생각이 나서 어쩌면 신비한 방법으로 영적인 위로를 받을지도 모른다는 생각이 들었다. 거기 가자고 말한 아가씨의 표정 또한 나에 대해 다 알고 있으며 바로 그런 도움을 주고 싶어 하는 것처럼 어른스러운 연민에 차 있었다.

나는 순순히 그의 뒤를 따랐다. 성체(聖體)를 모신 방이었다. 간소한 방에 두 분의 수녀님이 지키고 있었고, 기도인지 명상인지 마치고 나가는 수녀님도 있었다. 같이 간이의 눈치를 봐가며 그가 하는 대로 하려고 했다. 그러나 곧 통곡이 치받쳤다. 며칠 동안 주리 참듯 참던 울음이었다. 도무지 어떻게 할 수가 없었다.

짐승 같은 울음소리를 참으려니 온몸이 격렬하게 요동

을 쳤다. 엄숙하고 고즈넉한 분위기 때문에 차마 소리 내어 울 수가 없었고 그게 그렇게 고통스러울 수가 없었다. 나중엔 명치의 근육이 땡기면서 찢어질 것 같았다.

뭔가 안에서 엄청난 힘으로 파열할 것 같아서 먼저 다락방을 뛰쳐나왔다. 내 방도 대낮에 엉엉 울 만한 곳은 아니어서 허둥지둥 산으로 올라갔다. 평소의 산책길을 벗어나 숲속으로 들어가 나무둥치에 몸을 내던지면서 소리 내어 울기 시작했다. 추하고 외롭고 서러운 짐승이 된 느낌이었다.

내가 이 나이까지 겪어본 울음에는, 그 울음이 설사 일생의 반려를 잃은 울음이라 할지라도, 지내놓고 보면 약간이나마 감미로움이 섞여 있게 마련이었다. 응석이라 해도 좋았다. 아무리 미량이라 해도 그 감미로움에는 고통을 견딜 만하게 해주는 진통제 같은 게 들어 있었다. 오직 참척의 고통에만 전혀 감미로움이 섞여 있지 않았다. 구원의 가망이 없는 극형이었다. 끔찍한 일이었다.

이럴 수는 없는 일이었다. 누구라도 이런 끔찍한 극형에 당해서는 그 영문을 물을 권리가 있다. 신의 권위가 장난질 칠 권리가 아닌 바에야 의당 그 극형이 무슨 잘못에서 연유했는지 밝혀줘야 한다. 신, 당신의 존재의 가장 참을 수 없음은 그 대답 없음이다. 한 번도 목소리나 모습을 드러내지 않고도 인간으로 하여금 당신을 있는 것처럼 느끼고, 부르고, 매달리게 하는 그 이상하고 음흉한 힘이다.

영원히 순화될 것 같지 않은 원색적인 포악이 거침없이 치밀었다. 언제나 그렇듯이 신의 문제는 나는 무엇일까 하는 나의 내면 응시로 귀착되고 만다. 실컷 울고 나서 한결 개운해진 정신으로 『법구경』의 한 구절을 떠올렸다.

어리석은 이는 한평생을 두고

어진 이를 가까이 섬길지라도 참다운 진리를 깨닫지 못한다.

마치 숟가락이 국 맛을 모르듯이.

지혜로운 이는 잠깐이라도

어진 이를 가까이 섬기면 곧 진리를 깨닫는다.

혀가 국 맛을 알듯이.

신을 느끼는 감수성에 있어서 나는 철두철미(徹頭徹尾) 숟가락일 뿐이다.

대전서 온 아가씨까지 떠나보내고 나서도 나는 방으로 돌아오지 않고 산책길을 몇 바퀴 더 돌았다. 미사보를 쓰고 기도서를 들고 경건한 기도를 바치며 명상의 길을 도는 40대 초반의 점잖은 부인과 그의 딸인 듯싶은 여고생과도 몇 번씩 엇갈렸다. 저 부인은 참척의 고통이 뭔지 모르리라. 그러니까 저렇게 평화롭고 거룩한 얼굴로 성호를 그으면서 기도를 할 수가 있지 나 같으면 어림도 없다고 생각했다.

내가 왜 서른다섯도 안 된 청청한 나이에 십자가에 못박혀 죽음으로써 어머니 가슴에 못을 박은 예수를 명상한단 말인가. 나는 아들의 죽음이 뭔지를 모를 것 같은 평범한 부인에게 공연한 심술이 나면서 마음이 한없이 꼬였다.

모두 떠나버려 오늘 밤엔 그 넓은 언덕방 건물 안에 다시 혼자 있게 될 줄 알았는데 저녁 식탁엔 또 새로운 손님이 와 있었다. 나보다 몇 살 아래로 보이는 부인은 여간 침울해 보이지 않았다. 수녀가 되기 위해 여기 들어와 있는 따님을 면회 왔다는 것밖에는 더는 물어보거나 알아내지 못했다. 근심이 가득 찬 말투와 표정에 짓눌리는 것 같았다. 저녁 식사는 자연히 젊은 아가씨들이 있을 때와는 딴

판의 가라앉은 분위기가 되었다.

만약 내 딸 중에 하나라도 수녀가 되겠다고 했다면 내 마음이 어떠했을까. 한 번도 상상을 해본 적이 없는 일이고, 또 상상도 할 수 없는 일이었다. 굉장한 충격이 되었으리라. 사생결단 말렸을 게 뻔하다. 여기 와서 비로소 인정하게 된 안배의 신비함과 부르심의 힘에 맞서 미련하게 싸웠을 자신을 상상하기는 어렵지 않았다.

수녀님들의 생활과 하는 일을 아름답고 긍정적으로 보게 되었다고 해서 내 딸에게 시키고 싶은 건 아니었다. 그동안 딸들에 대해서는 너무 생각을 안 했다. 딸을 아들만 못하게 여겨서가 아니라 근심을 안 시켰기 때문에 생각할 필요가 없었던 게 아닐까. 자식 낳은 기쁨 뒤에 치러야 하는 어머니들의 몸고생, 마음고생의 다양함과 끝 간 데 없음을 새삼스럽게 엿본 느낌이었다.

그 부인은 바로 내 옆방에 묵었다. 남편까지 왔는지 남자 소리도 나고 밤새도록 두런거리는 소리가 그치지 않았다. 기도 소리 같기도 하고 흐느낌 같기도 한 소리도 들렸다. 옆방에서 잠들지 못하는 모정 때문에 나도 덩달아 잠을 설치하며 그럭저럭 날이 샌 듯했다. 그러나 아직도 새벽 미사까지는 먼 시간에 내 방문을 가만가만 노크하는 소리가 났다. 열어보니 옆방 부인이었다. 깨었었기에 망정이지 남을 깨우기에는 무례한 시간이었다. 나는 들어오라고 하지 않고 복도의 불을 켜고 거기 설치된 소파로 나갔다.

부인은 3남 2녀의 자녀를 두었다고 했다. 수녀원에 들어온 딸은 막내인데 혼기를 앞두고 신병을 얻어 애간장을 태우더니 극진한 치료의 보람으로 건강을 회복하자마자 수녀가 되겠다고 해서 또 한 번 부모 마음을 아프게 했지만 한 번 잃을 뻔했던 자식이라 기쁘게 하느님께 바칠 생각을 했노라고 했다.

그러나 1년도 안 돼 다시 신병이 도졌다는 소식을 받고 와보니 암만해도 집으로 데려가야 할 것 같은데 보낼 때 서운하던 것과는 댈 것도 아니게 속이 상해 밤새 지접을 못 하다가 견딜 수가 없어 이렇게 말동무라도 하려고 나를 깨웠노라고 했다.

쪼들쪼들 마른 입술과 충혈된 눈으로 그 부인은 나로부터 위안을 얻어내려고 갈망하고 있었다. 나는 그 정도의 자식 걱정으로 그렇게 초췌하고 약하게 구는 부인에게

화가 났다. 나는 거두절미하고 말했다. "나는 외아들을 잃었답니다. 그래도 이렇게 밥 잘 먹고, 잠 잘 자고 살아 있습니다." 내가 듣기에는 감정이 섞이지 않은 드라이한 목소리였다. 내 입으로 그 말을 하다니, 차마 어떻게 그 말을 입에 담을 수가 있었을까.

나는 처음으로 타인에게 내 입으로 그 말을 하고 그 말을 내 귀로 들었음에 경악했다. 무엇보다도 내가 그 사실에 승복하고 만 것이 소름 끼쳤다. 앞으로 세상을 살아가려면 "몇 남매나 두셨습니까?"라는 예사로운 대화 끝에, 그 말을 해야 할 경우에 수도 없이 부딪히리라.

부인이 어쩔 줄을 몰라 하면서 황망히 자기 방으로 가버렸다. 몇 마디 사과의 말도 한 것 같았다. 그러나 나는 부인의 얼굴에 생기가 돈 것을 분명히 보았다. 부인도 아마 순식간에 자기의 근심이 가벼워진 것에 놀라고 있겠지. 세상엔 남의 불행이 위안이 되는 고통이 얼마든지 있다. 세상 사람들이 예서 제서 자기들의 근심이나 걱정을 위로받으려고 내 불행을 예로 들어가며 쑥덕대는 소리가 들리는 듯했다. 남의 고통에 쓸 약으로서의 내 고통, 생각만 해도 끔찍한 치욕이었다.

주여, 어찌하여 나를 이다지도 미천하게 만드시나이까.

나는 마음으로 무릎을 꺾으며 이렇게 탄식했다.

10월 ○일

옆방 부인이 돌아가자 비로소 창밖에서 새벽이 밝아오기 시작했다. 그러나 내 마음은 말할 수 없이 어둡고 혼란스러워졌다. 아들을 잃은 후 몸부림쳐 애통해하기도 수없이 했고, 애도와 위로의 말도 수없이 들었지만 피차 묵계(默契)*에 의한 인정일 뿐, 아무도 그 애가 죽었다는 직접적인 표현을 입에 올린 적이 없었다.

스물여섯 살이란 나이는 죽음과 함께 입에 올리기에는 너무도 싱그럽고 빛나는 나이가 아닌가. 아아, 스물여섯 살…… 어찌 에미가 그 말을 그렇게 태연히 입에 담을 수가 있었을까. 온몸이 으스러지는 것 같았다. 그러나 이상하게

• 말없이 서로 뜻이 맞음. 또는 그렇게 성립된 약속

도 눈물이 나진 않았다. 내가 그 말을 했을 때, 순간적으로 밝게 빛나던 부인의 얼굴이 집요하게 내 마음에 눌어붙어 지워지지 않았다. 나는 마치 사수(死守)해야 할 비밀을 누설한 것처럼 허탈하고 처량했다.

새벽 미사를 올리는 동안도 스스로에 대한 이런 참담한 느낌은 가셔지지 않았다. 아침은 커피로 입만 축이고 뒷동산에 올랐다. 묘지까지 오를 기운도 없어서 바다가 보이는 벤치에 앉아서 오랜 시간을 보냈다.

그 애를 잃고도 죽지 못하고 살아가야 할 앞날이 얼마나 치욕스러우리라는 게 눈에 보이는 듯했다. 나는 거러지만도 못하게 헐벗은 마음으로 오래도록 바다가 보이는 벤치에 앉아 있었다. 그 애가 이 세상에서 없어진 후 이렇게까지 수치스럽고 피폐한 심정이 되어보긴 처음인 것 같았다.

이곳을 떠나기로 속으로 정해놓고 있는 날도 얼마 남지 않았다. 수녀가 될 수 없는 바에야 세속으로 돌아갈 준비를 할 수밖에 없는 것은 내 최소한의 염치였다. 그러나 지금 같아서는 도무지 그럴 엄두가 날 것 같지 않았다. 세상 사람들이 다 내 고통을 입초시*에 올림으로써 자신의 고통을 위로받고, 내 불행을 양념 삼아 자신의 행복을 더욱 맛있게 음미하고자 대기하고 있을 것 같은 망상에 망상이 꼬리를 물었다.

나 또한 더할 나위 없이 행복했을 적에도 남의 불행에 접했을 때, 마음 아파하기에 앞서 내 행복을 재확인하며 대견해하기에 급급하지 않았던가. 어쩌다 내가 이렇게 되었을까. 세상으로 돌아갈 일은 두려웠고, 나에겐 죽음보다 무서운 고통이 타인에겐 단지 흥미나 위안거리밖에 안 되는 인간관계가 무서워서 떨고 있었다. 하느님이 인간을 당신 모상대로 지어내셨다는 말씀이 믿기지 않았다. 그런 인간이 어떻게 그다지도 잔인하고 천박할 수가 있단 말인가. 낮기도 시간까지 그 자리에서 움직이지 않았다.

마지못해 낮기도에 참여했다. 점심은 카레라이스였다. 그리고 옆방 부인과 겸상이었다. 내가 그 부인에게 결정적인 위안거리가 되었다고 여긴 건 착각이었나? 그 부인은

* 이러쿵저러쿵 남의 흉을 보는 입놀림. 입길의 방언

여전히 수심에 싸인 어두운 얼굴을 하고 있었다. 단둘이의 식사는 괴로웠다. 부인은 거의 식사를 하지 않았다.

나 같은 사람도 사는데 그 정도의 자식 걱정으로 저다지도 상심을 하다니. 나는 슬그머니 아니꼬운 생각이 들었다. 그래서 여봐란듯이 카레라이스를 아귀아귀 먹었다. 수녀원에 온 후 그렇게 많이 먹기는 처음이었다.

나는 왜 이럴까? 그 부인의 하소연을 처음 들었을 때만 해도 위로해 주고 싶은 마음에 거짓이 없었다. 그래서 그런 말도 할 수가 있었는데 지금은 아니었다. 심통이 났고, 내 고통에다 대면 당신 고통은 아무것도 아니라고 깔보는 마음까지 생겼다. 나는 정말 왜 이 모양일까? 어쩌자고 고통에 있어서조차 교만하고 싶어 하는가? 내가 왜 주님을 느낄 수가 없는지 알 것 같았다. 주는 나를 사랑하지 않으신다. 나는 주의 눈 밖에 날 밉상만 고루 갖추고 있으니까.

점심에 과식한 게 속에서 보깨기 시작하더니 점점 더 심해졌다. 속이 뒤틀리면서 식은땀이 나고 목구멍에서 카레 냄새가 치밀었다. 소화제를 먹었지만 가라앉지 않고, 주방에서 더운물을 갖다가 녹차를 만들어 마셔봐도 카레 냄새를 가라앉힐 수가 없었다. 진땀에서도 카레 냄새가 나는 것 같았다. 몸을 어떻게 할 수가 없었다.

화장실에 가서 목구멍에 손가락을 넣고 토해보려고 했지만 그것도 여의치 않았다. 물만 먹고도 잘만 토하던 버릇이 불과 10여 일 만에 이렇게 달라져 있었다. 가슴에 완강한 빗장이 잠긴 것처럼 배에서 왈칵 치밀다가도 가슴에서 막히곤 했다. 가슴까지 빠개지는 것 같았다. 지난 일이라 그런지 모르지만 진통도 이렇게 괴롭지는 않았던 것 같다.

언덕방에서 화장실에 가려면 수부를 통과해야 한다. 수부에서 일 보시는 인자한 수녀님이 눈치챌까 봐 전전긍긍했다. 내가 통 식사를 못한다고 수녀님마다 걱정을 해주시는데 과식하고 체해서 쩔쩔매는 꼴을 보여줄 순 없었다. 그중에도 그런 체면을 차리려 들었다.

마침내 가슴에 걸린 빗장이 부러지는 것처럼 격렬한 통증이 오면서 점심 먹은 걸 고스란히 토해냈다. 복통이 없어지자 내 존재도 소멸한 것 같았다. 완벽한 평화였다. 고통도 남아 있지 않았지만 기운도 남아 있지 않았다. 나는 변기의 가장자리를 양손으로 짚고 무릎 꿇은 자세로 꼼짝도 할 수가 없었고 아무 생각도 할 수가 없었다.

얼마 만이었을까, 한 생각이 떠올랐다. 텅 빈 머리에 갑자기 떠오른 생각이어서인지 그건 내 머리에서 나온 생각이라기보다는 계시 같은 느낌이 들 정도였다. 미사 시간에도 기도 시간에도 산책하면서도 긴긴밤 잠 못 이루면서도 신에 대한 내 물음은 딱 한 가지였다. 도대체 내가 무엇을 그렇게 크게 잘못했기에 이런 무서운 벌을 받아야 하느냐는, 질문이라기보다는 포악이요 항의였다.

그러니까 내가 신의 부당함을 항의하고 내가 억울하다고 주장할 수 있는 유일한 근거는 나는 그닥 죄가 없다는 것이었다. 내가 죄가 있다면 어디 말해보시지 하는 신에 대한 일종의 시험이었다. 십자가 밑에서 밤새도록 몸부림치며 구해도 얻어낼 수 없었던 응답이 하필 변기 앞에 무릎 꿇고 앉았을 때 들려올 게 뭐였을까? 그때 계시처럼 떠오른 나의 죄는 이러했다.

나는 남에게 뭘 준 적이 없었다. 물질도 사랑도. 내가 아낌없이 물질과 사랑을 나눈 범위는 가족과 친척 중의 극히 일부와 소수의 친구에 국한돼 있었다. 그 밖에 이웃이라 부를 수 있는 타인에게 나는 철저하게 무관심했다. 위선으로 사랑한 척한 적조차 없었다. 물론 남을 해친 적도 없다고 여기고 있었다. 모르고 잘못한 적은 있을지도 모르지만 의식하고 남에게 악을 행한 적이 없다는 자신감이 내가 신에게도 겁먹지 않고 당당하게 대들 수 있는 유일한 도덕적 근거였다.

주지도 않고 받지도 않은, 타인에 대한 철저한 무관심이야말로 크나큰 죄라는 것을, 그리하여 그 벌로 나누어도 나누어도 다함이 없는 태산 같은 고통을 받았음을, 나는 명료하게 깨달았다. 하필 변기 앞에 무릎 꿇은 자세로, 나는 그 정답에 머리 숙여 승복했다. 나중에 나의 간지(奸智)˙가 또다시 빠져나갈 구멍을 찾게 될지도 모르지만 적어도 그 순간만은 그건 꼼짝달싹도 할 수 없는 정답이었다. 그리고 구원이었다. 고통도 나눌 가치가 있는 거라면 나누리라.

주여, 나를 받으소서. 나의 모든 자유와 나의 기억력과 지력과 모든 의지와 내게 있는 것과 내가 소유한 모든 것을 받아들이소서. 나의 고통까지도. 당신이 내게 이 모든 것을 주셨나이다. 주여, 이 모든 것을 당신께 도로 드리나이다. 모

- 간사한 지혜

든 것이 당신의 것이오니, 온전히 당신 의향대로 그것들을
처리하소서. 내게는 당신의 사랑과 은총을 주소서. 이것이
내게 족하나이다.

이윽고 기운을 차리고 화장실을 나왔다. 침대에 누우니
극심한 고통에서 벗어난 육신이 그렇게 편안할 수가 없었
다. 몸이 아무 데도 불편하거나 아프지 않다는 사실 하나
만으로도 감사해야 마땅할 것 같았다. 세상 모든 즐거움에
뜻이 없다고 여겼는데 몸에 아픈 데가 없다는 사실에 거의
행복감에 가까운 기쁨을 느끼고 있었다. 감미로운 잠이 엄
습했다.

얼마 만인지 바람 소리에 놀라 깨어났다. 창밖에서 나
무들의 검은 그림자가 극렬하게 나부끼고 있었다. 내가 묵
고 있던 언덕방과 수녀님들의 숙소는 네모반듯한 정원을
끼고 디귿자 모양을 하고 있는데, 그 한쪽이 열린 네모꼴
속을 회오리치는 바람 소리가 꼭 사람의 애곡(哀哭)˙ 소리 같

• 　소리 내어 슬프게 욺

으면서도 육성보다 훨씬 만감이 서려 있었다. 나는 어린애처럼 경망스럽게 두근대는 가슴을 베개로 누르며 엎드렸다. 무서움증 때문에 정신이 말뚱말뚱해졌다.

마리로사 수녀님이 갖다 준 《사목(司牧)》지에서 특집으로 다룬 현대 신비 사상 체험을 통독했다. 잡념이 하나도 안 생기고 머리에 쏙쏙 들어왔다. 재미가 없어서 읽다 만 『십자가의 성 요한』에 대해서도 새로운 지식이랄까, 관점을 얻은 것처럼 느껴졌다.

10월 ○일

좋은 날이다. 며칠 날이 궂은 뒤라 그런지 공기가 닦아놓은 유리처럼 다만 투명하게 반짝거린다. 그러나 투명한 것, 보이지 않는 것의 며칠 사이의 역사는 얼마나 엄청난가. 산의 빛깔이 어제의 빛깔이 아니다. 나무에 따라서는 그 노랑 빨강 주황이 꽃보다 곱건만 그 찬란한 빛깔 사이를 지나는 바람은 소슬하여 마음까지 시리게 한다.

우리 방에서 내다보이는 디귿자 모양의 마당 한가운데 구심점처럼 서 있는 이름 모를 나무도 어제까지도 청청한 줄 알았는데 어찌나 곱게 물들었는지 "어머나!" 소리가 저절로 나왔다. 이파리 하나하나에 광활하고 처절한 노을빛을 구현하고 있었다. 그날 밤 저 빛깔을 짜내느라 그리도 슬피 애곡한 것일까? 가슴이 찡하여 역설적으로 '최후의 발악'이란 별명을 붙여주고 혼자서 쓸쓸하게 웃었다.

새벽 미사 후 버릇처럼 산에 오르려고 했지만 기운이
빠져 다리가 후들댔다. 하루 빼먹기로 하고 유치원 마당
그네에서 흔들대며 아이들이 오기를 기다렸다. 버스에서
내리는 아이, 저만치서 장난치며 걸어오는 아이, 늦지도
않았는데 뛰어오는 아이, 강아지처럼 엉겨 붙은 아이, 외
톨이인 아이, 귀여운 것들.

조회 시간에 선생님은 우리나라가 올림픽에서 금메달
을 열네 개나 따고 종합 4위를 했단 얘기를 또 했다. 아이
들 또한 아무리 들어도 싫증이 안 나는 모양이었다. 아이
들 마음의 우쭐댐이 나한테까지 기분 좋게 밀려온다. 올
림픽의 축제 분위기가 그렇게도 싫더니만 그 축제가 아이
들에게 남기고 간 긍지를 생각하니 잘한 일이다 싶기도 했
다. 앞으로는 그 애들 세상이다. 긍지를 물려받지 못한 세
대와 긍지를 물려받은 세대와의 세대 차이는 결코 쓸쓸하
지만은 않으리라.

아이들이 교실로 들어간 후 무밭이 있는 쪽으로 슬슬
걸어가 봤더니 수녀님 몇 분이서 앞치마를 두르고 일을 하

고 있었다. 그중엔 원장 수녀님도 계셔서 나는 얼른 되돌아섰다. 나는 앞치마 두르고 일하는 수녀님은 급이 낮고, 정장을 한 수녀님은 급이 높으려니 했었다. 어디서건 눈치껏 사람에게 계급을 매기고 싶어 하는 내 천박한 버릇에 부끄러움을 느꼈다. 그러나 무밭의 청청함만큼이나 내 부끄러움도 오랜만의 상투적이 아닌 싱그러운 것이었다.

방에서 소화 데레사의 자서전을 읽었다. 읽다 만 『십자가의 성 요한』 때문에 성인에 대한 이야기라면 읽기도 전에 뜨악하여 경원(敬遠)*하는 마음이 앞섰는데 이 성녀의 자서전엔 깊이 빠져들었다.

놀라운 기적을 보여주거나 초인적인 고행으로 자신을 단련하지 않고도 성녀가 된 소화 데레사의 천진난만은 얼마나 유쾌한가. 고행은 흉내라도 낼 수 있지만, 성녀가 죽는 날까지 잃지 않은 어린애 같은 투명한 직관력과, 무지하지 않은 천진난만은 아무도 함부로 꾸며서 할 수 없는 성녀만의 것이었다. 하느님이 아무리 그를 특별하게 어여

* 공경하되 가까이하지는 않음

삐 여기신다 해도 하느님다움에 흠이 되지는 않으리라고 여겨질 만큼 그 성녀의 품성엔 만인을 끄는 매력이 있었다. 어린애다움과 거룩함의 행복한 조화라고나 할까. 세상의 불공평에 대해 고민하던 소녀적 데레사가 얻어낸 대답은 또 얼마나 귀여운지.

예수님께서는 이 신비를 저에게 가르쳐주셨습니다. 그분은 자연이라는 책을 제 앞에 펼쳐 보이셨고, 저는 그분이 창조하신 모든 꽃들이 각기 다른 아름다움을 지니고 있음을 이해하게 되었습니다. 장미의 화려함과 백합의 순결한 흰빛이 작은 제비꽃의 향기나 데이지의 소박한 아름다움을 빼앗는 것이 아니라는 것을 깨달은 것입니다. 만약 모든 꽃이 장미가 되기를 원한다면, 자연은 봄의 아름다움을 잃게 될 것이며, 들판도 더 이상 작은 야생화들로 채워지지 않을 것입니다.

이 얼마나 단순 소박하고 귀여운 발상인가. 그러나 가장 심오하고도 난해하다는 노자(老子)의 세계관과 신기하도록 닮아 있지 않은가.

이 자서전에 빨려든 나는 낮기도 시간도 아까워서 가지 말까 했다. 그러나 기도 시간을 거르면 점심도 굶어야 할 것 같았다. 그런 규칙이 있는 건 아니지만 성당에서 기도 시간을 마치고 나서, 들어간 문과 반대쪽 문으로 나가면 바로 손님들을 위한 식당이고 식당엔 그 시간에 맞춰서 따뜻한 점심이 차려져 있게 마련이었다. 기도는 빼먹고 무슨 염치로 밥을 먹으러 어정어정 식당으로 들어간단 말인가. 아무리 기도 시간이 싫어도 그럴 용기는 없었다.

나는 순전히 점심을 얻어먹으려고 성당으로 올라갔다. 기도 시간 내내 성무일도(聖務日禱)˙ 소리는 듣는 둥 마는 둥 부엌 쪽에서 풍겨오는 구수한 밥 냄새와 된장국 냄새에만 정신이 팔려 있었다. 그건 어쩌면 환각일 수도 있었다. 점심에 된장국은 나오지 않았으니 말이다. 그러나 된장국보다 더 맛깔스러워 보이는 비빔밥이었다. 나는 짐승 같은 식욕을 느꼈다.

뱃속에서 나는 꼬르륵 소리를 옆에서 시중드는 수녀님에게 숨기려고 나는 괜히 밭은기침을 하면서 몸을 흔들었

˙ 교회에서 매일 정해진 시간에 하느님을 찬미하는 공적이고 공통적인 기도

한 말씀만 하소서   151

다. 색색 가지 나물에다가 참기름과 고추장을 넣고 듬뿍
비비고 싶었지만 수녀님 눈치가 보였다. 내가 식사를 너무
조금 한다고 늘 근심스러운 얼굴로 지켜봐 주던 수녀님 앞
에서 그렇게 잘 먹으면 수녀님은 더는 내 걱정을 안 할 게
아닌가. 나는 더 오래 수녀님의 근심에 응석 부리고 싶었
다. 또 엊그저께의 악몽과 같은 복통도 나의 식욕을 자제
토록 했다. 좀 모자라는 듯싶게 밥을 덜어다 비볐다. 기막
힌 맛이었다.

집에서는 자식들이 성화를 해대서, 수녀원에서는 수녀
님들이 조심스럽게 걱정을 해줘서 할 수 없이 먹는 척해
왔다고 여기고 있었다. 먹고 싶어서 먹은 게 아니라 그들
을 위해서 먹어준 거였다. 아니꼽게도 선심을 쓰듯이 먹어
준 거였다. 먹어준다는 의무감만 없다면 죽 한 모금 입에
넣고 싶지 않을 만큼 식욕이 없던 것도 사실이었다. 참척
을 겪은 에미는 그래 마땅했다. 살고 싶지 않은 게 거짓이
아닌 바에야 육체가 정신의 소망을 따라주는 건 당연했다.
나는 이렇게 내 식욕 없음에 체면과 자존심을 걸고 있었
다. 아니 희망까지 걸었다 해도 과언이 아니었다. 이렇게
아무것도 먹기 싫으니 차츰 쇠약해지면서 죽어가겠지 하

는. 그리하여 나의 식욕 없음은, 미구(未久)*에 아들 뒤를 고통 없이 따라갈 수 있으리란 희망이었다.

지금은 남을 위해 먹어주는 게 아니라, 내가 먹고 싶어서 먹고 있다는 자의식이 나를 한없이 부끄럽고 참담하게 했다. 싫은 사람과 마주 앉아 커피만 마셔도 속이 거북하던 내 육신이 아니던가. 이렇게 정신과 밀접하고도 예민하게 맞물려 있던 육신의 이 뜻하지 않은 반란을 어떻게 받아들여야 한단 말인가.

비빔밥을 꿀같이 달게 먹고 내 방으로 도망치듯 돌아온 나는 나에게 따지듯이 물었다. '너는 이제 살고 싶으냐'고. '아니야, 절대로 아니야'라고 나는 강하게 부인했다. 그러나 저녁기도 시간이 가까워지자 나는 다시 배가 고팠고, 주님을 만나기 위해서도 하루를 반성하기 위해서도 아닌, 단지 식욕을 채우기 위해 허위허위 성당으로 가는 언덕길을 올라갔다.

양을 자제했기 때문에 더욱 맛있는 저녁을 먹고 내려오면서 나는 내 육신과 정신의 분열이 한없이 창피하고 슬퍼

· 얼마 오래지 않음

서 몸 둘 바를 몰랐다. 할 수 있는 말은 다만 '주여, 나를 불쌍히 여기소서.'

그 후의 나날들

그날 이후 내 배는 영락없이 끼니때만 되면 고파왔다. 그 이상 얘기한다는 것은 너무도 부끄럽고 괴로운 일이다. 참척을 겪은 기막힌 애통과 절망은 당연히 에미의 목숨을 단축시킬 줄 알았다. 살고 싶지 않은 게 조금도 거짓이 아닌 이상 육신은 의당 거기 따라주려니 했다. 그러나 내 육신은 내 마음과는 별개의 남처럼 끼니때마다 먹고 살고 싶어 하는 게 아닌가. 나는 내 육신에 대해 하염없는 슬픔과 배신감을 느꼈다. 사람이 짐승과 다를 게 없다는 생각이 들었다.

내가 자식들의 만류를 뿌리치고 수녀원으로 거처를 옮긴 것도 실은 짐승 같은 본능이 아니었을까 싶은 생각도 들었다. 병들거나 다친 짐승은 누가 가르쳐준 바 없이도 그에게 맞는 약초를 가까운 데서 찾아낸다고 한다. 나 또

한 내 속에 잠재된 짐승처럼 질기고 파렴치한 생명력이, 죽고만 싶은 지극히 인간적인 염치를 거역하고 살길을 냄새 맡고 수녀원 쪽으로 강력하게 이끌린 게 아니었을까. 그러나 짐승과 인간이 가장 닮은 본능이야말로 신이 준 능력이거늘 내가 무슨 수로 거역하랴.

나는 떠날 준비를 했다. 일기를 정리하고 책들을 분류했다. 가져온 책과 마리로사 수녀님으로부터 빌린 책, 받은 책이 꽤 되었다. 그러고 나서 그동안 정든 산책길을 천천히 걸었다.

여름 동안은 초록 일색이었을 나무들이 1년 중 가장 아름답게, 가장 개성 있는 모습으로 단장하고 화려하고도 쓸쓸한 가을 숲을 이루고 있었다. 물 마른 계곡에 무리 지어 핀 초롱같이 생긴 꽃의 보랏빛도 여전히 우아했다. 머지않아 찬 서리에 시들고 눈에 덮일 꽃이기에 오히려 자수정보다 고와 보였다. 나는 그 꽃을 꺾지 않았다.

빈손으로 묘지까지 올라가 아늑하고 겸손하게 누운 수녀님들에게 골고루 작별의 성수를 뿌렸다. 오늘만은 유치한 편애를 삼가리라. 그럼에도 불구하고 젊어서 죽은 수녀님의 묘하고는 기어코 눈물의 작별을 하고 말았다.

산책길을 벗어나 철조망이 쳐진 데까지 산으로 올라가 보았다. 출입할 수 있는 문이 달려 있어 조금 더 올라가니 수녀원과 수영만이 한 폭의 그림처럼 시야에 안겨오는 지점이 있었다. 내가 매일매일 산책하며 서럽고 헐벗은 마음으로 낱낱이 본 풀포기, 들꽃, 나무들 그리고 지금 한꺼번에 보고 있는 풍경들을 나는 꼼꼼히 내 기억 속에 챙겨 넣었다.

비록 육신의 소멸과 함께 사라질 덧없는 기억이지만 나는 충만감을 느꼈다. 내 육신이 밥을 먹지 않고는 목숨을 부지할 수 없는 것처럼 내 마음 또한 좋은 추억의 도움 없이는 최소한의 인간다움도 지킬 자신이 없었기에. 가장 어려울 때 신세 진 이곳에서 얻어 가진 좋은 추억의 힘을 믿을 수 있어서 한결 마음이 가라앉았다.

떠나기 전날 밤에는 수련 중인 예비 수녀님들이 나를 위해 과분한 송별 모임을 베풀어주었다. 아마 마리로사 수녀님이 그런 모임을 꾸몄을 것이다. 젊고 예쁜 예비 수녀님들은 노래도 잘하고 춤도 잘 추고 말도 잘하고 웃기도 잘했다. 세속적인 욕망이 쑥 빠져버리고 청빈과 극기와 봉사에의 열망만이 한창 고조된 젊은 수녀님들의 명랑함은 자연의 명랑함만큼이나 순수하고 감동적이었다.

나는 실로 오래간만에 소리 내어 웃기도 하고, 간간이 질금질금 울기도 했다. 앞으로 내 아들이 없는 세상에 나가서 시도해야 할 홀로서기가 한결 덜 두렵게 여겨졌다. 그래, 나에겐 딸들이 넷이나 되지 않나. 그 애들이 내 홀로서기를 힘껏 도와주리라. 나는 그동안 딸들 생각을 너무 안 했다. 어쩌면 피해왔는지도 모르겠다. 외아들을 잃었다는 무서운 사실을 차마 받아들이기 어려웠을 때, 만일 딸들 중의 하나를 잃었다면 이렇게까지 비참하지는 않았을지도 모른다는 생각이 문득문득 치밀려고 했었다.

사람의 수효가 모래알처럼 흔하다고 해도 각자에겐 일회적이고 고유한 목숨을 바꿔치기한다는 것은 아무리 가상일지라도 절대로 해서는 안 될 생각이었다. 설사 제왕을 위해서라도 노예가 그의 생명을 바꿔치기당하지 않을 권리가 있거늘, 하물며 같은 자식을 놓고 그런 생각을 한다는 것은 얼마나 하늘 무서운 짓인가. 또한 아들과 딸을 조금도 차별하지 않고 주시는 대로 받아 소중하게 키워왔다는 나의 에미로서의 자부심에도 크게 어긋나는 짓이었다.

나는 무서워서 피하던 생각과 이제 두려움 없이 직면할 수 있을 것 같았다. 내가 잃은 게 아들이 아니라 딸이었다고 해도 애통이 조금이라도 덜하진 않았겠지만, 남들이 나를 덜 불쌍하게 여기리라는 것만은 확실했다. 그래, 그건 인정하자. 그러나 내가 나를 아들딸에 의해 더 불쌍해하거나 덜 불쌍해하지는 말자. 어디선지 모르게 그런 자신이랄까, 용기 같은 게 생겼다. 수녀님들 덕이었다.

솔직히 말해서 나는 수녀 생활을 세상일이 잘 안 풀린 여자들의 마지막 도피처쯤으로 여겨왔었다. 그러나 그게 아니었다. 여기서 수녀님들과 생활을 같이하면서 수도 생활은 세상으로부터의 도피가 아니라 이 세상 밑바닥에 깔린 가장 보잘것없는 이들, 못 가진 이들, 버림받아 외로운 이들과 함께 있으려는 크나큰 용기라는 걸 확연히 알 수가 있었다.

이곳 수녀님들은 내가 보기엔 더할 나위 없는 청빈과 근면과 봉사의 생활을 하면서도 여기 생활이 안일한 게 아닌가 늘 반성하는 것 같았다.

"우린 이 안에서 너무 호강이에요, 이래도 되는 건지 모르겠어요" 하면서 온갖 밑바닥 인생에 직접 뛰어들어 가난과 병고와 소외의 고통을 함께하는 수녀님들 얘기를 들려주는 수녀님도 여러 분 만났다. 그런 얘기를 들으면 수도 생활을 택한다는 것은 용기 이상의 그 무엇, 하느님의 부르심이나 안배에 의한 것이 아닐까 싶은 생각도 들었다. 그렇지 않고서야 진실한 수도자라면 용기 있어 보일 뿐 아니라 거룩해 보이기까지 할 까닭이 없었다.

나는 인간의 다양한 고통에 대해 신부님보다 훨씬 민감한 수녀님들에게 마음으로부터 친화감을 느꼈다. 사람에게 층수를 매기고 싶어 하는 속된 눈으로 볼 때, 수녀님보다는 신부님이 더 높고 그럴듯해 보이는 게 사실이다. 그러나 내가 함부로 대들고 포악을 부리긴 했지만 실은 깊이 좋아하는 나의 하느님은 좀 다를 것 같다. 그분은 분명히, 황홀한 제의에 싸여 우아한 손으로 만인 위에서 만인을 축복하는 교황님보다는 기운 옷을 입고 험한 손으로 병든 이가 혼자 죽어가지 않도록 잡아주는 마더 테레사를 더 어여삐 여기시어 높은 자리로 영접할 것 같다.

송별연에 나와준 수녀님들 중에는 조 테레사 수녀도 끼여 있었다. 그는 착해 보인다는 것 말고는 드러나지 않는 평범한 수녀였다. 그러나 나에게는 특별한 수녀였다. '하필 왜 내가 이런 일을 당해야 하나' 하는 원망으로 똘똘 뭉친 내 마음에 '왜 당신이라고 그런 일을 당하면 안 되는가?'라는 당돌한 반문을 불러일으킨 수녀였다. 그는 알까. 그가 무심히 던진 한마디가 내 딱딱한 마음에 일으킨 최초의 균열에 대해.

아마 모를 것이다. 나는 거기 모인 젊고 씩씩하고 명랑한 예비 수녀들이 모두 훌륭한 수녀가 되고자 하는 뜻을 이루고, 또한 본인은 의식하지 않고 한 언동도 타인에게 이르러 반드시 선(善)을 이루기를 기도하는 마음으로 그들의 춤과 노래를 밤늦도록 즐겼다.

수녀원을 나와 딸네 집에서 며칠 더 유하고 나서 서울로 돌아왔다. 서울역에서 집으로 돌아오는 사이에 나는 다시 홀로서기에 자신이 없어졌다. 하루 세 끼 밥을 찾아 먹고 그 밥을 소화시킬 수 있을 만큼 몸이 회복됐다고 해서 살아갈 능력이나 의욕까지 회복된 건 아니었다.

우리 동네가 가까워질수록 나는 내 아들이 없어진 동네에서 아무것도 달라진 게 없는 풍경과 길과 상가와 동네 사람들을 대하며 살아갈 일이 무서워서 가슴이 떨렸다. 내가 도처에서 한시도 잊지 못할 내 아들 없는 빈자리를 동네 사람들은 아무도 느끼지 않고 태연하게 히히덕대며 살아갈 게 아닌가. 그걸 참을 수 있을 것 같지가 않았다. 순어거지 같은 생각이었다.

서울에 있는 둘째 셋째도 내가 집으로 들어가는 걸 반대했고 나는 다시 울보가 되어 둘째네 집에 아예 자리보전하고 누워 울 구실만 찾았다. 눈물이 마르면 아들의 사진을 벽에다 주른히 기대놓고 보면서 새로운 눈물을 짜냈다.

그러다가 이 세상에 그 애가 없다는 게 도무지 믿기지가 않으면 벌떡 일어나 창가로 갔다. 둘째네는 우리 동네하고는 두 블록쯤 떨어진 거리여서 창으로 우리 아파트와 거기까지 뻗은 곧은 길이 빤히 바라보였다. 우리 아들이 무수히 다니던 길이었다.

그 애는 둘째 매형을 특히 좋아해서 저녁 시간이 조금만 나도 매형네 집에 가서 맥주 한잔하고 오겠다며 나가곤 했었다. 그럼 나는 "네 나이가 몇인데 연애 하나 못하고 매형 꽁무니나 따라다니냐?" 하고 핀잔을 주었었다.

그 애가 툭하면 파란 프레스토를 몰고 달려오던 길엔

그때나 이때나 차들의 왕래가 빈번했다. 나는 유리창을 열고 두억시니* 같은 머리칼을 찬바람에 내맡기고 파란 프레스토를 기다렸다. 내 아들은 죽지 않았어. 나는 악몽을 꾼 것뿐이야. 뼛속까지 시린 찬바람이 나에게 미친년 같은 확신을 주었다.

드디어 파란 프레스토가 나타나면 가슴이 터질 듯이 부풀고, 그 차가 얼토당토않은 옆얼굴을 잠깐 보이고 쏜살같이 사라져 버려도 실망하지 않고 더욱 고조된 기대로 다음 차를 기다리곤 했다. 기다리고 또 기다리면 환각으로라도 아들의 얼굴을 볼 수 있을 것 같았다. 그러다 어느 순간 다리의 기운과 줄기찬 희망이 썰물처럼 빠져나가면서 이러다가 내가 미치고 말지 싶은 참담한 현실감이 돌아오곤 했다. 식구들이나 나나 피차 못할 노릇이었다.

서울 와 있다는 소리를 듣고 찾아와 주는 친구나 친척을 대하는 일은 더욱 못할 노릇이었다. 사람 만나는 게 극도로 싫었다. 아는 사람뿐 아니라 길에 지나다니는 모르는 사람까지 꼴도 보기 싫으니까 자연 외출도 두려워하게 되

• 모질고 사나운 귀신의 하나

었다. 딸이나 사위가 자기네 친구가 찾아오는 것까지 내 눈치를 보며 쉬쉬하기에 이르러도 나는 개의치 않았다. 남의 처지나 고통을 헤아리는 마음이 마비돼 있었다.

그 무렵 여행사에서 미국 비자를 찾아가라는 연락이 왔다. 미국 가 있는 막내를 보러 가려고 아들을 잃기 전에 신청해 놓고 면접도 끝낸 비자였다. 그동안 나하고 연락이 끊겨서 여행사에서 보관하고 있다가 어찌어찌 연줄이 닿아 연락이 온 거였다. 나 역시 까맣게 잊고 있던 거였지만 문득 새로운 희망 같은 게 생겼다.

궁하면 통한다더니, 더는 참을 수 없을 것 같은 고통의 나날로부터 빠져나갈 구멍이 홀연히 트인 것처럼 느껴졌다. 그래, 아는 얼굴 만나는 게 그렇게도 싫으면 아는 얼굴이 없는 고장으로 가버리면 그만 아닌가. 내 설움, 내 고통 외의 일들은 다 이렇게 쉽고 간단하게 여겨졌다.

떠날 날을 정해놓자 딸이 본당 신부님한테 인사나 여쭙고 떠나라고 귀띔을 해주었다. 아들의 장례 때 그 어른의 도움을 많이 받았노라고 했다. 사제관 응접실에서 신부님을 뵙고 긴 위로의 말씀을 들었으나 자식도 낳아보지 않은 분이 내 마음을 어찌 알까 싶어 그저 괴로운 마음으로 경청했다. 그러다가 탁자 위에 놓인 백자 필통이 눈에 띄었다. 거기 쓰인 '밥이 되어라'라는 글귀 때문이었다. 신부님이 손수 쓰신 건지, 아니면 어떤 주교님이나 추기경님이 쓰신 건지 그건 분명치 않았다.

누가 썼건 실상 그건 그닥 중요하지 않았다. '밥이 되어라, 밥이 되어라'를 입 속으로 되뇌면서 나는 분도수녀원에서 맡은 이 세상에서 가장 맛있는 밥 냄새를 떠올렸고, 어쩌면 주님이 그때 나에게 밥이 되어 오시었던 게 아닐까 싶은 생각이 났다.

그때 나는 몇 날 며칠을 밤이나 낮이나 주님을 찾아 대들고 몸부림쳤었다. '내가 왜 이런 고통을 받아야 하나? 한 말씀만 하시라'고 애걸복걸도 해보았다. 그러나 주님은 끝내 아무 말씀도 없으셨다. 어쩌면 나직하고 그윽하게 뭐라고 하셨을지도 모른다는 생각이 늦게 난 철처럼 슬며시 왔다.

그래, 분명히 뭐라고 그러셨을 거야. 다만 내 귀가 독선과 아집으로 꽉 막혀 못 알아들었을 뿐인 것을. 하도 답답해서 몸소 밥이 되어 찾아오셨던 거야. 우선 먹고 살아라 하는 응답으로. 그렇지 않고서 그 지경에서 밥 냄새와 밥

맛이 그렇게 감미로울 수는 없는 일이었다.

미국으로 떠나면서 아이들에게 겨울이나 나고 오겠다고 말했지만 내 속셈은 내 감정이 독립할 수 있을 때까지였다. 나에게 가장 시급한 건 감정의 독립이었지만 그 시기는 기약이 없었다.

로스앤젤레스 남쪽 오렌지 카운티는 풍치가 아름답고 기후가 온화했다. 여기서는 초겨울로 접어들 무렵에 떠났는데 그곳 날씨는 봄의 한가운데 같았고 수목의 푸르름은 한여름 같았다.

침실이 있는 2층 창을 가리게 무성한 나무에는 능소화 비슷한 새빨간 꽃이 한창이어서 꿀을 빨아 먹으려는 벌새가 시끄럽게 지저귀는 소리에 눈을 뜨곤 했다. 벌새는 새 중에서 가장 작은 새라던가, 곤충의 대롱처럼 긴 주둥이로 꽃의 꿀을 빨아 먹고 산다고 했다. 세상에 별난 새도 다 있지. 한동안은 보는 것마다 다 신기했다. 나무마다 꽃나무 아닌 게 없었다. 꽃 지고 잎 피는 게 아니라 꽃과 잎이 동시에 무성한 것도 신기했고 새파란 잔디 위로 노오란 은행잎이 지는 것도 신기했다.

차로 30분도 안 되는 거리에 바다가 있었다. 태평양이었다. 아아, 태평양. 그곳 바닷가에 서면 바다가 크다는 느낌이 가슴이 뿌듯하게 차올랐다. 나는 그때 처음으로 수평선이 직선이 아니라 거대한 호(弧)라는 걸 알았다. 앞이나 좌우로 시야를 가로막는 섬도 곶(串)도 없는, 다만 광대무변(廣大無邊)˙한 해안선에서 바라본 수평선은 앞이 부풀고 좌우가 아스라이 휘어 보였다. 과연 지구가 둥글긴 둥근가 보다. 나는 그 사실을 내가 처음 발견한 것처럼 신기했고 한편 자신의 존재를 바닷가 모래알보다도 미소(微小)˙˙하게 느꼈다. 자연으로부터 받는 위안처럼 편안한 것도 없었다.

그러나 그밖에 미국적인 구경은 조금도 재미있지 않았다. 집안에 큰 불행이 닥친 걸 이국땅에서 소식만 듣고 가족과 함께하지 못한 막내의 고통도 컸으련만, 그 애는 다만 동참하지 못한 것만 죄스럽게 여겨 너무 잘해주려고 애쓰는 것 같았다.

어디든지 끌고 다니려고만 했다. 온종일 달려 밤중에 산중 오두막에 도착해서 하룻밤을 자고 새벽에 일어나 거

˙   넓고 커서 끝이 없음
˙˙ 아주 작음

대한 자연에 접하고 다시 온종일 달려 집으로 돌아온 적도 있었다. 그래봤댔자 캘리포니아도 못 벗어났단 소리를 듣고 이놈의 땅덩어리가 과연 크긴 크구나 싶을 뿐 아무런 감흥도 일지 않았다.

놀러 나갔을 때마다 찍은 사진이 한 보따리나 되었다. 어느 날 막내가 그것들을 날짜별로 정리하는 걸 옆에서 보다가 문득 이상한 생각이 들었다. 분명히 나를 넣고 찍은 사진이건만 나는 거기 가본 기억이 하나도 나지 않았다. 사진마다 그러했다. 풍경과 나는 억지로 갖다 붙여놓은 것처럼 부조화스러울 뿐이었다. 그 애들이 성심성의껏 한 효도를 헛수고로 만들어버린 것 같아 내심 미안했지만 아무 말도 하지는 않았다.

'여기는 우리 아들을 기억하는 사람은 아무도 없는 고장이다'라는 생각이 처음에는 홀가분하고 편하더니만 점점 그것도 별게 아닌 게 되었다. 내 아들의 추억과 전혀 연관 지을 수 없는 이국의 풍경과 사람들은, 내 아들이 죽었는데도 히히덕대며 일상을 영위하는 내 나라 사람들이 꼴보기 싫은 것과는 다른 괴로움을 불러일으키는 것이었다.

외로움이라고 해도 좋았다. 별안간 악이라도 써서 구원을 청해야 할 것처럼 그 외로움은 절박했고, 집에서보다 밖에 나가 많은 사람들 사이에 섞여 있을 때 한결 더했다.

디즈니랜드를 구경 간 날이었다. 주말이어서 각양각색의 인종이 모여들어 대혼잡을 이루고 있었지만 워낙 면적이 넓고 구경거리가 다양해서 인기 있는 몇몇 관을 빼고는 오래 기다리지 않고 지딱지딱* 돌아볼 수가 있었다.

딸 내외도 손녀도 그렇게 즐거워할 수가 없었다. 그러나 나는 오후가 되자 다리의 피로보다 사람에 치인 신경의 피로가 견딜 수 없어졌다. 노천식당에 가까스로 자리를 하나 차지하고 나서 딸과 사위는 먹을 것과 음료를 파는 데 줄 서러 가고 나는 손녀를 데리고 앉았는데 또 그 절박한 외로움이 목구멍까지 차올랐다. 그리고 내가 참을 수 없어 하는 게 무엇이라는 걸 어렴풋이 깨달았다.

그건 말 못 알아들음이었다. 내 나라에서건 남의 나라에서건 사람 모이는 데 가면 들리는 건 사람들의 말소리라

* 서둘러서 일 따위를 하는 모양

는 것은 두말할 것도 없다. 구태여 남의 말을 엿들으려고 노력을 안 해도 내 나라에서 들리는 건 당연히 내 나라말이고, 어려서부터 들어온 내 나라말의 리듬엔 공기처럼 의식할 필요 없이 나를 편안하게 해주는 정다움이 있었다.

그러나 거긴 남의 나라였다. 신경을 곤두세워도 한두 마디 알아들을까 말까 한 것도 괴로웠지만 무엇보다도 견딜 수 없는 것은 그 이질적인 리듬이었다. 그 이질감은 여기는 네가 놀 물이 아니라는 소외감을 끊임없이 일깨워 주고 있었다.

그때 나는 생각했다. 만약 어떤 피치 못할 운명이 나를 이 땅에 죽을 때까지 묶어두는 일이 생긴다면, 생전 호강을 보장해 준다고 해도 아들을 잃은 고통 다음가는 고통이 되리라고. 그런 건 깨달은 게 잘못이었다. 귀국하고 싶은 마음을 걷잡을 수가 없었다. 아무것도 더는 구경하기 싫었다.

다만 바닷가에 나가는 것만은 싫증이 안 났지만 그 또한 그 바다가 태평양이기 때문이 아니었을까. 내 나라까지 닿아 있을 태평양의 화려 장엄한 낙조를 바라보면서, 내 나라에선 지금쯤 저 태양이 중천에 떠 있겠지 싶을 때의 감상은 찝찝하고도 절절했다.

겨울을 나기는커녕 그해도 넘기기 전에 귀국을 서둘렀다. 무엇을 잘못했기에 엄마가 저러나 딸이 영문을 몰라 섭섭해하는 것에도 별로 신경을 쓰지 않았다. "내 마음대로 하게 내버려둬 다오, 엄만 다만 자유롭고 싶단다." 이렇게 큰소리쳤다.

그리고 드디어 사방에서 들리느니 내 나라말만 들리는 고장으로 돌아왔다. 내 나라말은 바로 내가 놀던 익숙한 물이었다. 공항의 아우성, 엄마, 할머니 하는 아이들의 외침, 그런 소리들이 어우러진 우리말만의 독특한 가락에 나는 깊은 안도감을 느꼈다. 땅에 입 맞추는 대신 나는 그 가락을 깊이깊이 심호흡했다.

그리고 몇 달 후 나는 조금씩 다시 글쓰기를 시작할 수가 있었다. 새로운 소설도 썼고, 중단했던 장편 연재도 다시 시작해 마무리를 지었다. 이국에서 경험한 우리 말에 대한 그리움은 곧 글을 쓰고 싶은 욕구의 다른 표현이었을 뿐임도 이제는 알게 되었다.

다시 글을 쓰게 됐다는 것은 내가 내 아들이 없는 세상이지만 다시 사랑하게 되었다는 증거와 다르지 않다는 것도 안다. 내 아들이 없는 세상도 사랑할 수가 있다니, 부끄럽지만 구태여 숨기지는 않겠다. 그 후 지금까지의 내 홀로서기는 대체로 성공적이었다고 생각한다. 지켜보던 딸들도 엄마가 마침내 해냈다고 일단은 마음을 놓았으리라.

역설적인 얘기가 될지도 모르지만 나의 홀로서기는 내가 혼자가 아니었기 때문에 가능했다고 생각한다. 가까이서 멀리서 나를 염려해 준 여러 고마운 분들을 비롯해서 착한 딸과 사위들, 사랑스러운 손자들 덕분이다.

나만이 알고 느끼는 크나큰 도움이 또 있다. 먼저 간 남편과 아들과 서로 깊이 사랑하고 믿었던 그 좋은 추억의 도움이 없었다면 내가 설사 홀로 섰다고 해도 그건 허세에 불과했을 것이다. 나는 요즈음 들어 어렴풋하고도 분명하게, 눈에 보이지 않는 사람의 이런 도움이야말로 신의 자비하신 숨결이라는 것도 느끼게 되었다.

"주여, 저에게 다시 이 세상을 사랑할 수 있는 능력을 주셔서 감사합니다. 그러나 주여 너무 집착하게는 마옵소서."

언덕방은 내 방

나는 음식을 가린다든가 잠자리가 바뀌면 잠을 못 잔다든가 하는 까다로운 성질이 아니다. 여행을 다니는 데는 적합한 체질이나 어디 가서 친구나 친척 집에 묵는 일은 적극 피하고 있다. 심지어는 딸네 집에서도 여간해서는 자는 일이 없어서 유난하다는 별명도 듣고 섭섭하다는 말을 듣기도 한다. 직업적으로 손님을 접대하는 여관이나 호텔은 좀 불친절해도 잘 참는 편인데도 친척이나 자식이 나를 위해 이것저것 신경을 써준다고 생각하면 도무지 편안치가 못해서 될 수 있으면 안 하고 싶다. 자주 전화 연락을 하던 지방에 사는 친지한테도 막상 그 고장에 볼일이 생겨 갔을 때는 연락을 안 하고 여관에 묵고 살짝 돌아온다. 혹시나 재워줄 의무를 느끼거나 식사라도 한 끼 대접하고 싶어 할까 봐 그렇게 하는데도 나중에 알면 섭섭해하고 차가운 사람 취급을 당하기도 한다. 누구를 위해서라기보다는 나 편하자고 그러는 것이니까 욕을 먹어도 할 말은 없다. 천성적으로 누가 나한테 너무 잘해주려고 하면 나는 그게 가시방석처럼 불편한 걸 어쩌랴.

자연히 내 집이 제일이다. 자주 여행을 다니는 것도 내 집에 돌아올 때의 감격을 위해서일지도 모르겠다. 집은 편안한 만큼 헌 옷처럼 시들하기가 십상인데 그 헌 옷을 새 옷으로 만드는 데는 여행이 그만이다. 그러나 때로는 집도 낯설고 불편할 때가 있다. 난방이 잘된 집에서 배불리 먹고 편안히 빈둥댔음에도 불구하고 괜히 춥고, 배고프고, 고단하고, 집에 붙어 있음으로 생기는 온갖 인간관계까지가 헛되고 헛되어 견딜 수가 없을 때 꿈꾸는 여행은 구태여 경치가 좋거나 처음 가보는 고장일 필요는 없을 것이다. 그럴 때 표표히 돌아갈 수 있는 고향이 있는 사람은 복되다.

나에게 부산에 있는 베네딕도 수녀원*은 고향과 같은

* 베네딕도를 한자로 음역해 분도(芬道)수녀원이라고도 부름

곳이다. 마음이 시리고 헛헛할 때, 남의 눈이 아니라 내 눈에 내가 불쌍해 보일 때, 수녀원의 언덕방이나 그 뒷산의 바다가 보이는 의자 생각만 해도 크나큰 위로가 된다. 이 일만 끝마치면 거기 가서 쉬리라 마음먹는 것만으로도 도무지 내키지 않던 일에 새로운 신명이 나기도 한다.

수녀원의 언덕방과 인연을 맺은 지도 어언 6년이 된다. 내 생애에서 가장 고통스러웠던 1988년 가을이었으니까. 나는 그때 나만 당하는 고통이 억울해서도 미칠 것 같았지만 남들이 나를 동정하고 잘해주려고 애쓰는 것도 견딜 수가 없었다. 남들은 물론 자식들까지 나를 건드리지 않으려고 신경 쓰며 위해만 주는 게 내가 마치 고약한 부스럼딱지라도 된 것처럼 비참했다. 그렇다고 안위해 주고 평상시처럼 대해주었더라도 야속했을 것이다. 요컨대 나는 무슨 벼슬이라도 한 것처럼 내 불행으로 횡포를 부리고 있었다.

마침 그때 이해인 수녀님으로부터 수녀원에 편히 쉴 만한 방이 있으니 언제라도 오라는 고마운 말씀을 들었다. 아마 수녀님으로서보다는 시인의 직관으로 나의 걷잡을 수 없이 황폐해져 가는 심성을 들여다보고 안됐단 생각이

들었던 것 같다. 그 소리를 듣자마자 그렇게 거기가 가고 싶을 수가 없었다. 몸이 극도로 쇠약해져 있을 때라 딸이 말리는 걸 무릅쓰고 나는 고집을 피워 드디어 언덕방의 손님이 되고 말았다.

나는 지금도 그때 거기가 그렇게 가고 싶었던 게 신의 부르심이었다고 생각한다. 언덕방에 들어가자 곧 살 것 같았던 것은 적당한 무관심 때문이었다. 나는 그때까지 24시간 딸의 정성스러운 보살핌을 받고 있었기 때문에 처음에는 다소 섭섭했지만 그 적당한 무관심이 숨구멍이 돼주었다.

그렇다고 아주 무관심한 건 아니었다. 심심할 만하면 다시 말동무를 해주는 수녀님도 계셨고, 구메구메 간식거리를 챙겨 주시는 수녀님도 계셨고, 식사할 때마다 그렇게 적게 먹어서 어떡하냐고 근심을 해주는 수녀님도 계셨다. 그러나 그 모든 게 적절할 뿐 지나치는 법이 없었다. 식사는 정결하고 맛있었지만 검소하고 평등했고, 아무도 나를 위해 전복죽이나 잣죽을 쑤어다가 먹으라고 강요하지 않았다. 모든 것이 조금도 과하지 않고 적절했고 오직 수녀님들의 화평한 미소만이 도처에 넉넉했다. 수녀님들의 미소는 내가 있는 걸 다들 좋아하고 있구나 하는 착각까지 들 지경이어서 신세를 지고 있다는 불편한 마음이 들 새가 없었다. 결국 나는 언덕방 손님 노릇을 통해 세 살짜리 같은 응석받이로부터 홀로서기에 성공을 할 수가 있었다.

그 후에도 거의 해마다 수녀원 언덕방의 손님 노릇을 다만 며칠이라도 하고 와야 마음이 개운해지는 버릇이 생겼다. 사람에 따라 다르겠지만 나는 손님을 가장 불편하게 하는 것은 지나친 공경과 관심이라고 생각한다. 너무 잘해주는 친척 집보다 불친절한 여관방을 차라리 편하게 여기는 것도 그런 까닭이다. 필요한 것이 알맞게 갖춰져 있고 홀로의 시간이 넉넉히 허락된 편안한 내 방이 언제고 나를 기다리고 있다고 생각하는 것만으로도 나는 아릿한 향수와 깊은 평화를 느낀다.

수녀원 뒷산에 사계절은 또 얼마나 좋은지, 자연 그대로인 것 같으면서 세심한 손길이 느껴지고 잘 가꾼 것 같으면서 자연 그대로인 뒷산에 안겨 새소리를 듣고, 다람쥐와 숨바꼭질하고, 철 따라 피고 지는 꽃들을 보는 기쁨과 평화는 주님, 당신은 참 좋으십니다라고, 밖에 표현할 길이 없다. 그 복잡한 부산에 그런 좋은 동산이 있다는 걸 누가 믿을까. 거기 언제나 갈 수 있고 또 가기를 꿈꿀 수 있다는 것만으로도 나는 참 복도 많다 싶다.

이해인 수녀님과의 손 편지

이해인 수녀님

오늘 아침 8시에 눈을 뜨고 이 편지를 씁니다. 어제 행사 후 일행들과 술을 마신다는 게 새벽 두 시까지 마셨으니 이틀에 걸친 과음을 한 셈입니다. 여기 올 때 집에 있는 예쁜 카드를 가지고 오는 걸 잊어 호텔방에 있는 편지지를 펼치고 축하인사를 쓰려니 카드보다 지면이 넓어 수다를 떨 것 같은 예감이 듭니다.

　『민들레의 영토』가 출간된 지 30년이 됐다는 소식에 접하면서 제가 수녀님을 알고 지낸 지 몇 년이나 되었나 새삼스럽게 꼽아보니 어쩔 수 없이 그 힘들었던 88년이 기점이 되는군요. 88년을 생각하면 자다가도 '아' 소리가 나올 적이 있을 만큼 아직도 생생하고 예리하게 가슴이 아픕니다. 그러나 수녀님이 가까이 계시어 분도수녀원으로 저를 인도해 주신 것은 그래도 살아보라는 하느님의 뜻이 아니었을까, 늘 생각하고 있습니다. 그때 저는 하느님은 과연 계실까, 죽은 후에 영혼이 갈 곳이 있기나 있나, 죽으면 먼저 간 사람을 만날 수 있을까? 온통 사후세계 저 하늘나라 일에만 가 있었습니다.

그런 저에게 수녀님의 존재, 수녀님의 문학은 제가 이 지상에 속해 있다는 걸 가르쳐주셨습니다. 죽어서 어떻게 될지는 죽어보면 알 게 아니냐, 땅을 보아라, 땅에서 가장 작은 것부터 민들레를, 제비꽃을, 봄까치꽃을… 마치 걸음마를 배우듯이 가장 미소한 것의 아름다움에서 기쁨을 느끼는 법을 배웠습니다. 제가 지상에 속했고, 여러 착하고 아름다운 분들과 동행할 수 있는 기쁨을 저에게 가르쳐준 수녀님 감사합니다!!

2005.11.12.

이해인 수녀님

오늘 아침 8시에 눈을 뜨고 이 편지를 씁니다. 어제 행사후 일행들과
술을 마신다는게 새벽 두시까지 마셨으니 이틀이 걸친 과음을 한 셈입
니다. 여기 올때 힘이 있는 예쁜 카드를 가지고 오느걸 잊어 호텔방
에 있는 편지를 꺼내치고 축하인사를 쓰려니 카드보다 지면이 넓어
수다를 떨것 같은 예감이 듭니다. 민들레의 영토가 출간된지 30년이
되었다는 소식에 접하면서 제가 수녀님을 알고 지낸지 몇년이나
되었나 새삼스럽게 꼽아보니 어쩔수 없이 그 힘들었던 88년이
기점이 되는군요. 88년을 생각하면 지금까지도 아 소리가 나올적이
있을만큼 아직도 생생하고 애리하게 가슴이 아픕니다. 그러나 수녀님이
가까이 계시어 분도수녀원으로 저를 인도해 주신것은 그래도 살아보라는
하느님의 뜻이 아니었을까, 늘 생각하고 있습니다. 그때 지금 하느님은 과연
계실까, 죽은후에 영혼의 갈곳이 있나 없나 죽으면 먼저 간 사람을
만날수 있을까? 온통 사후세계 저 하늘나라 일까만 가있었습니다.
그런 저에게 수녀님의 존재, 수녀님의 묵주는 제가 이 지상에 속해
있다는 걸 가르쳐 주었습니다. 죽어서 어떻게 될지 죽어 보면 알게
아니냐, 당을 보아라, 땅에서 가장 작은 조약돌 민들레꽃, 채비꽃을
봄까치꽃들 ... 마치 걸음마를 배우듯이 가장 미소한 것의 아름다움에서
기쁨을 느끼는 법을 배웠습니다. 제가 지상에 속하고, 여러 착하고
아름다운 분들과 동행할수 있는 기쁨을 저에게 가르쳐 준 수녀님
감사합니다!!

2000 11/2

존경하고 사랑하는 박완서 선생님께

"다시 만날 때까지 건강하고, 명랑하시길 바랍니다"

"하시는 일마다 주님 보시기에 좋은 일 되시길 저도 기도합니다"

어쩌다 한번씩 제게 보내시는 편지 끝에 늘
이런 인사말을 즐겨 쓰시던 우리 선생님!
큰 언니처럼, 이모처럼, 친구처럼 은근하나 다정한
보살핌으로 곁에 계시던 분이 안 계시니 저는 늘
쓸쓸하고 외롭습니다。 그래도 선생님이 원하시는대로
저는 아직 명랑하고, 씩씩하게 투병 중이랍니다。
제가 아플 때 방문으로, 기도문으로 찾아주신 것은
얼마나 큰 위로와 힘이 되었는지요!

세상과 인간을 따스하게 감싸 안는 애정, 자만에
빠지지 않고 "자기 수련"으로 깨어 사는 겸손한 영성,
작가로서의 예리한 통찰력, 지혜, 열정 ―을 선생님께
배울 수 있어 감사했습니다。

선생님이 사랑했던 가족, 친지, 선생님을 사랑했던
수 많은 독자들, 선생님의 소설 속에 살아 숨쉬는
이들을 저도 새롭게 사랑하며 열심히 살겠습니다.

선생님과 함께 웃으며 산책했던 수녀원 솔숲과 언덕길,
광안리 바닷가에도 고운 봄이 피어나고 있습니다。
선생님을 향한 애틋한 그리움은 기도의 작은 새로
가슴에 앉혀 보며 사랑을 고백합니다.

2012. 4월 초.
이해인 수녀 올림
Cecil

존경하고 사랑하는 박완서 선생님께

"다시 만날 때까지 건강하고, 명랑하시길 바랍니다"
"하시는 일마다 주님 보시기에 좋은 일 되시길 저는 기도
합니다"

　어쩌다 한 번씩 제게 보내시는 편지 끝에 늘 이런 인사
말을 즐겨 쓰시던 우리 선생님!
　큰언니처럼, 이모처럼, 친구처럼 언제나 다정한 보살
핌으로 곁에 계시던 분이 안 계시니 저는 늘 쓸쓸하고 외
롭습니다. 그래도 선생님이 원하시는 대로 저는 아직 명랑
하고, 씩씩하게 투병 중이랍니다. 제가 아플 때 병원으로,
수도원으로 찾아주신 것은 얼마나 큰 위로와 힘이 되었는
지요!

세상과 인간을 따스하게 감싸안는 애정, 자만에 빠지지 않고 "자기 수련"으로 깨어 사는 겸손한 영성, 작가로서의 예리한 통찰력, 지혜, 열정을 선생님께 배울 수 있어 감사했습니다.

선생님이 사랑했던 가족, 친지, 선생님을 사랑했던 수많은 독자들, 선생님의 소설 속에 살아 숨 쉬는 이들을 저도 새롭게 사랑하며 열심히 살겠습니다.

선생님과 함께 웃으며 산책했던 수녀원 솔숲과 언덕길, 광안리 바닷가에도 고운 봄이 피어나고 있습니다. 선생님을 향한 애틋한 그리움을 기도의 작은 새로 가슴에 앉히면서 사랑을 고백합니다.

2012.2.4. 입춘.

이해인 수녀 올림

통곡과 말씀의 힘

황도경(문학평론가)

슬퍼하는 사람은 행복하다. 그들은 위로를 받을 것
이다.

—「마태오의 복음서」 5:4

『한 말씀만 하소서』를 다시 읽으며 나는 걷잡을 수 없는
슬픔에 잠긴다. 화장지로 연신 코를 풀어대면서 나는 이것
이 아직 낫지 않은 감기 때문이라고 내심 변명을 하지만,
이 글이 내 상처와 고통의 기억 어느 한 부분을 건드리고
있는 것은 분명하다. 통곡 대신 썼다는 이 글은 거꾸로 내
게서 통곡을 불러오고, 신을 향한 그녀의 저주 섞인 분노
와 포악은 오히려 나를 신에게로 이끈다.

　납득할 수도, 해결할 수도 없는 고통 앞에 서본 이라면,

그래서 다시는 눈을 뜨지 않게 되기를 꿈꾸며 잠들었던 밤과 실눈 뜬 사이로 낯익은 천장 벽지 무늬가 보였을 때 그 새벽 햇살의 참담함을 기억하는 이라면, 아마도 쉽게 동감할 수 있을 것이다. 우리가 얼마나 수도 없이 신을 죽이고 죽이고 또 죽였었던가를. 얼마나 자주 죽음을 꿈꾸었던가를. 절망 속에서도 어떻게 희망이 자라나며, 죽음에의 유혹 속에서도 어떻게 생명이 꿈틀거리고 있는지를.

박완서의 『한 말씀만 하소서』는 허구가 아니다. 작가의 말 그대로 이 글은 소설도, 수필도 아닌 일기이다. 자식을 잃은 어미로서의 슬픔과 이를 감내하는 과정의 내밀한 모습들이 가식 없이 그대로 담겨 있는 고백이며, 그 고백은 독자가 아니라 오로지 자기 자신과 신을 향해 있다. 그 고백은 떠나간 아들에 대한 어미로서의 비통함과 절절한 그리움으로 시작하여, 아들의 빈자리에도 불구하고 여전히 멀쩡하게 움직이고 있는 세상에 대한 분노로, 그리고 다시 그토록 어처구니없이 생명을 주관하는 신을 향한 저주로 이어진다. 생명과 사랑을 노래하던 그녀의 목소리는 분노와 절망과 참담함이 들어찬 그것으로 바뀌어 있다.

생때같은 아들이 사라졌는데 왜 세상은 무너지지 않느

냐고, 왜 하늘은 여전히 푸른 것이냐고, 이러고도 신이 있다고 할 수 있는 것이냐고, 그녀의 뒤틀린 심사는 자신을 부정하게 하고 세상을 부정하게 하며 급기야 신을 부정하게 만든다. 신은 오로지 자신의 살의를 위해서만 존재한다. 이 글은 이런 살의와 분노와 회의로 가득 찬 무엄한 포악에 가깝다.

그러나 살의와 분노와 포악 속에도 진실은 있는 법. 자신에게 지금 희망이 있다면 자신이 죽어가고 있다는 것뿐이라고 고백할 때, 독재자라면 1년 내내 아무도 웃지 못하게 할 것이라고 얘기할 때, 햇볕 아래 해변가에서 돌을 줍고 있는 누추한 노파를 보며 가장 못난 최악의 아들을 가정해도 역시 그 노파가 부러웠다고 고백할 때, 사후의 세계를 보았다는 사람들이 쓴 책을 읽으며 황금이든 양탄자든 사후에도 무언가 보이는 것만 있다면 바랄 것이 없겠다고 할 때, 집 베란다에서 마냥 아들을 기다리고 있으면 아파트 진입로로 운전대를 꺾는 아들을 볼 수 있을 것 같다고, 미쳐서라도 좋으니 그렇게 되고 싶다고 말할 때, 신을 향해 포악을 떨다가 그래도 만에 하나 신이 있어 남은 식구들 중 누군가를 또 탐내 하실까 봐 무서워서 기도를 바친다고 고백할 때, 그 고백은 절망과 분노와 욕망의 밑바닥을 투명하게 드러내면서 우리의 가슴을 순간 서늘하게 한다.

그것은 단지 개인적인 고통과 슬픔의 감상적 토로가 아니라, 허망하기 그지없는 존재의 한계와 모순적인 삶의 법칙 앞에서 몸부림치는 우리 모두의 고백이다. 삶과 존재의 벽 앞에서 발버둥 치는 그녀의 비통하고 절망적인 언어들은 어느 순간 삶과 죽음, 신과 영혼, 고통과 광기의 문제에 대한 심오한 성찰로 이어지고, 죽음을 좇아가던 언어는 서서히 생명을 그리고 신을 좇아가게 된다.

박완서 개인의 내면적 기록인, 더구나 저주와 분노와 포악으로 일관하는 것처럼 보이는 이 글이 우리에게 감동을 주는 것은 그리고 이 글을 박완서 문학의 중요한 일부로서 이해하고 받아들이게 되는 것은, 이처럼 이 글이 단지 아들 잃은 어미로서의 비통함을 토로하고 기록한 것에 그치는 것이 아니라 그것을 계기로 하여 삶과 죽음, 신의 문제에 대한 성찰로 나아가고 있다는 점에서이다. 이 글은 자식 잃은 어미의 슬픔 그 자체로서가 아니라 그 슬픔이 이끌어가는 생명과 존재에 대한 인식의 깊이에 있어서 우리의 주목을 요한다.

한순간에 사라져 버리는 존재의 허망함에 대하여, 그 하찮은 존재 안에 불어넣어진 진한 사랑에 대하여, 뜻하지 않게 만나게 되는 삶의 길과 신의 부르심에 대하여, 절망의 심연 속에서도 꿈틀대는 본능적 생명의 움직임에 대하여, 신의 존재 방식에 대하여, 그녀의 질문은 계속되고, 결국 이 과정에서 그녀는 죽음으로의 이끌림에서 다시 삶 속으로 돌아오게 된다. 아들을 잃은 후 세상을 피해 숨어들고 다시금 세상 속으로 돌아오기까지의 과정이 그대로 하나의 놀라운 서사적 구성을 지니고 있는 셈인데, 그 끝에서 생명에의 경외를 다시금 확인하게 만든다는 점에서 이 글은 박완서 문학의 가식 없는 원천이라 할 만하다.

실로 우리는 이 글에서 절망과 고통에 들어찬 그녀의 말이 서서히 그 안에서 스스로 사랑과 생명의 싹을 피워내는 것을 본다. 그리고 이때 그녀의 글은 우리의 척박한 가슴에 던져진 하나의 작은 씨앗이 된다. 절망과 대면하는 법, 죽음과 대면하는 법, 신과 대면하는 법, 그녀는 자신의 고통스런 기록을 통해 이를 증언하고 있다. 그것은 상상력에 의해 만들어지거나 다듬어진 것이 아닌 날것으로서의 고통이며 증언이라는 점에서 더욱 큰 울림을 갖는다. 고통은 우리를 작게도 만들고 크게도 만든다고 하였거니와, 중요한 건 고통이나 절망 그 자체가 아니라 그것을 통해 도달하게 되는 깨달음의 깊이일지 모른다. 이 글은 절망과 고통의 가장 밑바닥까지 내려간 작가가 조금씩 그 수렁으로부터 벗어나게 되는 과정을 기록하고 있는 고통스런 절규다. 그러나 바로 그 안에서 그녀는 새로이 생명을 만나고, 신을 만난다.

세상의 허위와 우리 안에 자리 잡고 있는 속물적 욕망을 조금치의 머뭇거림도 없이 정면으로 까발리던 박완서 특유의 당돌함과 솔직함은 자신의 고통을 드러내는 데 있어서도 조금도 달라지지 않는다. 그녀는 극한의 절망과 고통이 몰아가는 광기 어린 사념들과 그 속에서도 여전히 꿈틀거리고 있는 자기 안의 욕망의 움직임을 냉정하게 응시한다.

예컨대 자기 식구가 아니라 친정어머니가 사고를 당한 것이라는 것을 알았을 때의 안도감과 부끄러움, 그리고 죄책감보다도 더 절실하게 밀려오는 졸음을 고백하던 (「엄마의 말뚝 2」) 그 냉혹하리만치 날카로운 자기 응시의 시선은 세상과 신을 향한 절망과 광기, 포악의 몸짓 속에서도 자기

작품 해설

안을 향한 성찰과 반성의 끈을 놓지 않게 한다.

　그리하여 죽음을 향해 나아가는 그녀의 언어는 서서히 생명의 그것으로, 신을 향한 저주의 언어는 신을 향한 경배의 언어로, 포악과 교만의 몸짓은 순응과 겸손의 무릎 꿇음으로 바뀌어간다. 이 과정에서 우리는 기왕의 박완서 문학에서 중요한 테마로 부각되었던 몸과 말의 문제를 다시 만난다.

　생명에의 갈구로 요약될 수 있는 그녀의 문학세계에서 몸은 생명의 움직임을 담아내는 가장 구체적인 현장이다. 죽음의 기운이 만연한 상황 속에서도 그녀의 인물들은 언제나 생명을 희구하고, 그녀들의 몸은 언제나 생명을 좇아 꿈틀댄다.

　그러나 지금 그녀는 죽음을 갈망한다. 그녀에겐 죽음이, 아니 죽음만이 희망이자 구원이 된다. 죽음은 그녀를 고통으로부터 벗어나게 해주는 동시에 아들과의 만남을 기약하게 한다. 이 마지막 바람을 알아챈 것일까? '다행히도' 그녀의 몸은 삶을 거부한다. 먹는 것과 싸는 것이 제대로 되지 않는 것이다.

　식욕과 배설은 우리로 하여금 살아 있음을 확인시키

는 가장 본능적이고 일차적인 생명의 움직임이다. 『나목』
에서 주인공이 그토록 만두를 먹고 싶어 하는 것이 그리고
아들 잃은 어머니의 시름을 피해 몰래 밥을 챙겨 먹는 것
이 단순히 식욕의 문제가 아닌 것처럼, 박완서 문학에서
음식에의 욕구란 항시 생명에의 갈구와 연관된다. 그런데
바로 그 생명의 움직임이 멈추려 하는 것이다. 그런가 하
면 배설도 자연스럽게 되지 않는다. 배설이라는 가장 원초
적인 생리작용을 위해서도 그녀는 치열하게 몸부림쳐야
한다. 이는 그녀의 몸이 생명을 거부하고 있음을 보여주는
단적인 예이거니와, 그녀가 세상에 복귀하게 되었을 때 변
비 역시 사라지게 된다.

이 글에는 배설과 연관된 또 하나의 일화가 등장한다.
고통스런 절망 속에서 다소 숨통이 트일까 궁여지책으로
아들의 못된 구석을 생각해 내려던 끝에, 아침 배설 후 물
을 안 내리고 나가던 아들의 버릇을 기억해 낸 것이 그것
이다. 그러나 그것은 곧 아들의 싱싱하게 살아 있던 생명
력을 확인하게 하는 일화가 되고 만다.

근본적으로 뒷간은 박완서에게 있어 본능적인 생명의
힘이 살아 꿈틀대는 현장으로 인식된다. 어린 시절을 회고

하면서 그녀는 뒷간이 가장 '환상적인 놀이터'였음을 고백한 바 있거니와, 그 고백에 의하면 뒷간은 친구들과 함께 우르르 따라 들어가 똥을 누며 얘기를 나눌 때 아무것도 아닌 얘기를 그토록 신나고 재미있게 만들었던 곳이며, 오래 있다 밖으로 나왔을 때 세상의 아름다움을 새삼스레 느끼게 만들었던 곳이다. 요컨대 뒷간은 구수한 옛날이야기들이 전해져 오는 이야기의 보고였고, 아이들의 상상력이 나래를 펴는 꿈의 공간이었으며, 신비로운 생명의 움직임에 눈뜨게 했던 공간이었던 것이니, 배설과 연관되어 떠오르는 아들의 모습은 다음과 같은 생명의 움직임을 상기시키면서 더 큰 슬픔과 상실감을 불러온다.

그러나 무엇보다도 뒷간에서는 잘생긴 똥을 많이 누는 게 수였다. 똥은 더러운 것이 아니라 땅으로 돌아가 오이 호박이 주렁주렁 열게 하고, 수박과 참외의 단물을 오르게 한다는 것을 우리는 알고 있었다. 그래서 본능적인 배설의 기쁨뿐 아니라 유익한 것을 생산하고 있다는 긍지까지 맛볼 수가 있었다.

　　　　　　　　　　—『그 많던 싱아는 누가 다 먹었을까』, 세계사, 2012, 27~28쪽

이처럼 배설은 우리 몸이 살아 있음을 확인시키는 본능적 생명의 움직임일 뿐 아니라, 다른 생명체의 생산에 기여하는 신성한 행위로 인식된다. 그러니 그녀가 자신의 교만을 깨우치고 자신에게 닥친 운명에 순응함으로써 다시 세상 속으로 돌아 나오는 것이 화장실 변기 앞에서 비롯되었다고 하는 것은 삶의 오묘한 진리를 확인시키는 일화라 할 만하다. 그녀는 이 화장실 사건 이후 식욕을 회복하게 되고, 수도원을 떠나게 된다.

이 글에서 주목되는 또 하나의 문제는 말이다. 박완서 스스로 이 글이 '통곡 대신' 쓰여진 것이라고 말하고 있듯이, 여기에서 말/글은 일종의 통곡과도 같다. 그녀의 소설 속 주인공들처럼 그녀는 수시로 '짐승처럼 치받치는 통곡'을 삼켜야만 했고, 그 삼켜진 통곡은 대신 글이 되어 분출된다.

아들의 이름을 목청껏 부르면서 통곡하다 환장하기를 꿈꾸는 그녀의 고백을 들으며, 나는 그녀의 소설 속 여자들, 예컨대 오빠의 죽음을 통곡 한마디도 없이 '꼴깍 삼켜 버렸'던 여자, 속물스런 남편의 손에 붙들려서도 비명을 지르지 못하고 있는 여자, 무거운 틀니 때문에 말이 새나

가는 여자, 유언으로 남겨졌을 아파트를 얻기 위해 욕을 삼키고 있는 여자를 떠올렸다. 생명을 저당 잡힌 채 소리를 '죽이고' 있는 그녀들은 바로 작가 자신의 모습이 아닌가. 그리고 다음과 같은 작중 인물의 절규는 곧 그녀 자신의 그것이 아닌가.

> 나는 그들로부터 자유로워지고 싶었다. 삼킨 죽음을 토해 내고 싶었다. 그 무렵 나는 낯선 길모퉁이 초상집에서 들리는 곡성에도 황홀해져 그곳을 떠나지 못하고 오래 서성대기가 일쑤였다. 저들은 목이 쉬도록 곡을 함으로써, 엄살을 떪으로써, 그들이 겪은 죽음으로부터 놓여나리라. 나에겐 곡성이 마치 자유의 노래였다.
>
> ─「부처님 근처」, 『나목도둑맞은 가난』, 민음사, 2005, 324~325쪽

통곡은 그녀의 인물들을 죽음 같은 고통 속에서 헤어나오게 만들었던 중요한 원동력이다. 그들은 울음을 통해 고통을 풀어냄으로써 다시 삶을 이어가지 않았는가. 그렇다면 통곡 대신 써 내려간 이 글 역시 그녀에게 하나의 구원이었을 것이 분명하다. 그녀 역시 글을 통해 통곡하고,

고통을 풀어내고, 죽음을 토해내었을 것이기 때문이다.

이뿐만 아니라 그녀는 이해인 수녀와의 이야기에서, 마리로사 수녀의 이야기에서, 그리고 수도원에 온 아가씨들과의 이야기를 통해서 위안받고 또 깨달음을 얻는다. 이야기는 닫혀 있던 그녀의 마음을 조금씩 열어 그녀를 세상으로 이끄는 힘이다. 그러기에 그녀의 말은 단순히 고통을 토로하고 절규하는 말에 그치지 않고 아들의 부재 속에서 그 존재를 증명하기 위한 말로, 생명과 사랑을 확인하는 말로, 영혼을 치유하는 말로 변모해 간다.

그녀가 신에게 갈구하는 것 역시 바로 이런 말씀이었다. 그녀가 고통받아야 하는 이유에 대하여, 아들이 죽어야 했던 이유에 대하여, 영혼과 내세의 존재에 대하여, 한 말씀만 하라고, 그것이 자신의 영혼을 낫게 할 것이라고.

그러나 신은 침묵할 뿐 아무 응답이 없고, 영혼의 치유 대신 몸이 먼저 회복되기 시작한다. 구토증을 일으키던 음식 냄새가 구수하게 다가오고 갑자기 짐승 같은 식욕을 느끼게 된 것인데, 이 몸의 반란 앞에서 그녀는 더욱 비참해진다. 죽고 싶다는 갈구에도 불구하고 자기 안에 그토록 질기고 파렴치한 생명력이 잠재되어 있었다니⋯⋯.

작품 해설

그러나 절망의 끝이라고 생각한 바로 그 지점에서 그녀의 구원은 준비되어 있었다. 그녀가 그토록 갈구하던, 그러나 끝내 들을 수 없었다고 생각한, 영혼을 치유하는 신의 말씀은 바로 밥이 되어 왔던 것이라고, 밥은 죽음으로 치닫던 그녀의 몸과 마음을 붙잡아 생명의 기운을 불어넣은 신의 말씀이었던 것이라고, 그녀는 뒤늦게 깨닫게 되기 때문이다. 이때 그토록 끔찍했던 식욕은 신의 축복으로 의미가 바뀐다. 하느님은 말씀하시지 않았는가. '너희는 모두 이것을 받아먹으라. 이는 내 피요 살이니, 너희는 이것을 받아먹음으로써 영생을 얻으리라.' 몸을 살리는 밥과 영혼을 치유하는 말은 이렇게 신비롭게 만난다.

그러므로 다시 한번, 말은 생명을 살리는 밥이며, 그 밥/말씀으로 그녀는 되살아난다. 그리고 자신 안에서 말에 대한 갈증을 느꼈을 때, 그녀는 비로소 자신의 글을 쓸 수 있게 된다. 미국에 가 있는 동안 그녀는 말이 주는 고통과 즐거움을 새삼 경험하게 되고, 급기야 서둘러 서울로 돌아오게 된다. 이는 그녀가 비로소 세상과 다시 사랑하기 시작했음을, 그리고 소설가로서의 자기 회복이 이루어지기 시작했음을 의미한다.

말씀이 그녀를 되살려냈듯, 이제 그녀의 말은 다시 사람들의 상처를 치유하는 밥이 되어야 하리라. 그녀의 말은 다시금 사람들에게 사랑을, 생명을 실어 나르게 될 것이고, 이때 그녀의 말/글은 단지 견디기 위한, 살아남기 위한 말이 아니라, 상처를 치유하는 생명의 말, 고통을 함께하는 나눔의 말이 될 것이다. 백자 필통에 새겨져 있던 '밥이 되어라'는 글귀, 그것은 그녀에게 밥이 되어 찾아오셨던 신의 존재를 확인하게 하는 전언이자 동시에 삶과 존재의 진정한 의미에 대해 숙고하게 하는 전언이다. 그녀가 다시 세상으로 나와 글을 쓸 수 있었던 것은 밥에 담긴 이 생명의 전언 때문이었을 것이다.

죽음에서 삶으로, 세상 밖에서 세상 속으로 돌아오는 이 같은 과정은 사실 수도원의 산책길에서 이미 암시되고 있다. 숲과 계곡과 다리를 지나면 묘지가 자리 잡고 있고, 그곳을 지나면 유치원 마당에 마지막 쉼터가 마련되어 있으며, 돌아내려 오면 수녀님들의 빨래터가 보이는 그 길을 따라 그녀는 새벽 산책을 다닌다. 그 과정에서 그녀는 이미 죽음을 지나 아이들의 세상을 만나고 다시 일상의 세계로 귀환하고 있었던 것이니, 그것이 그녀에게 죽음에서 삶

작품 해설

으로, 죽은 아들에게서 살아 있는 손자들의 세계로 귀환해야 함을 상기시키고 있었던 것은 아닐까?

이뿐만 아니라 삶의 바깥으로 도망가기 위해 선택한 수도원이 딸네 집에서 10여 분 정도밖에 안 떨어진 곳에 위치해 있고, 그 안에는 세상과 담쌓은 근엄하고 우울한 수녀들이 아니라 생기발랄한 수녀들이 바쁘게 움직이고 있었다는 것에서도 드러나듯, 수도원은 그 자체로 신이 이미 우리 가운데에 와 계심을, 우리에게 진정 필요한 것은 고뇌와 불행으로부터의 초월이 아니라 얼싸안음이며, 자기 혼자만의 평화가 아니라 지상의 평화임을 증거하고 있다.

그러므로 신은 침묵하는 분이 아니다. 신은 사랑과 나눔의 행위 속에, 생명의 모든 움직임 안에 살아 계시면서 말씀하신다. 사랑은 똥을 한 송이 꽃으로 바꾸어놓을 수도 있는 것이며, 생명은 그 자체로 축복된 것이라고. 작가 박완서가 통곡 속에서 얻어낸 이 깨달음은 우리를 숙연케 한다. 그것은 우리 안에 생명과 사랑의 작은 씨앗이 되어 자리 잡는다. 그리고는 상처를 보듬고 일어나라고, 고통과 상처가 너를 맑게 할 것이라고 속삭인다. 어느새 그녀는

영혼을 치유하는 말을 꿈꾸는 작가로 다시 우리 곁에 돌아
와 있는 것이다.

.

작품 해설

제 영혼이 곧 나으리이다

호원숙(작가)

나는 이 글을 쓰는 것을 피하고 싶었다. 어머니가 쓰신 그때의 일기를 다시 열고 싶지 않았다.

이 책이 차라리 소설이었으면 얼마나 좋았을까? 하면서도 어머니의 숨결을 생생하게 느끼면서 나도 모르게 책장을 한 장 한 장 아껴가며 읽고 있었다. 수영만과 대마도가 보이는 아파트와 어머니와 지냈던 시간을 감미로운 듯이 그리워하고 있었다.

어머니에 대한 한없는 연민에 가슴이 미어졌던, 죽 한 숟갈이라도 넘기시게 하려고 애처로워하면서도 혹여 어린 외손주들을 미워하지 않을까 우려했던 이기심이 부끄럽게 생각난다. 내 아이들을 사랑해 주지 않을지라도 괜찮다고, 속으로 숨죽이며 성모님께 매달렸던 내 모습이 떠오른다.

그러나 어머니는 하느님을 원망하면서도 주님을 찾으셨고 사랑하는 노력을 그치지 않으셨다.

진정한 사랑은 슬픔을 헤아려주는 것.
어머니의 통곡은 단지 개인적으로 기구한 팔자를 토로한 것이 아니라 같은 아픔을 겪은 사람들의 마음을 헤아려주는 사랑의 언어였다는 것을,
그 언어가 밥이 되었다는 것을 사무치게 느끼게 되었다.

어머니는 돌아가시기 전까지도 슬퍼하셨다.
누구와도 나눌 수도 바꿀 수도 없는 그 비애를 안고 있는 것이 얼마나 외롭다는 것을,
오랜 시간이 지난 후에도 문득문득 그 고통을 못 이겨 베개에 얼굴을 묻고 통곡하셨다는 것을 알기에,

개정판에 부치며

어머니의 일기를 다시 읽는다.

어머니가 돌아가시던 날처럼 눈이 내린다.

첫눈이 아낌없이 넉넉하게 대지를 덮어주었다.

세상의 모든 허물과 아픔을 감싸안듯이.

어머니와 저희 가족에게 진심 어린 위로와 사랑을 주신 분들께 머리 숙여 감사의 기도를 올린다.

주여, 한 말씀만 하소서.

제 영혼이 곧 나으리이다.

한 말씀만 하소서

초판 1쇄 발행	2004년 12월 24일
초판 24쇄 발행	2024년 1월 17일
개정판 1쇄 발행	2024년 12월 17일
개정판 3쇄 발행	2025년 2월 21일

지은이	박완서
펴낸이	최동혁

펴낸곳	(주)세계사컨텐츠그룹
주소	06168 서울시 강남구 테헤란로 507 WeWork빌딩 8층
이메일	plan@segyesa.co.kr
홈페이지	www.segyesa.co.kr
출판등록	1988년 12월 7일(제406-2004-003호)
인쇄	예림
제본	다인바인테

ISBN 978-89-338-7248-2 (03810)